U0462185

軍毅 著

图书在版编目(CIP)数据

格丽美娅 / 黄海著. — 成都：四川科学技术出版社，2017.6
(2021.1重印)
ISBN 978-7-5364-8681-2

I.①格… II.①黄… III.①科学幻想小说－中国－
当代 IV.①I247.5

中国版本图书馆 CIP 数据核字(2017)第 114488 号

格丽美娅
GELIMEIYA

著　者	黄海
责任编辑	程佳月
组稿编辑	程佳月
责任校对	张茂莉
封面设计	方 刃
特约出版	欧晓希
出版发行	四川科学技术出版社 成都市槐树街 2 号　邮政编码：610031 官方微博：http://e.weibo.com/sckjcbs 官方微信公众号：sckjcbs 传真：028-87734035
成品尺寸	140mm×210mm
印　张	7.5
字　数	150 千字
印　刷	三河市国方彩印有限公司
版　次	2018 年 6 月第 1 版
印　次	2021 年 1 月第 3 次印刷
定　价	35.00 元
	ISBN 978-7-5364-8681-2

■ 本书如有印装、破损、装订错误，请寄回印刷厂调换。
■ 如需购本书，请与本社邮购组联系。
地址/四川省成都市槐树街 2 号　电话：028-87734035　邮政编码：610031
电子信箱：sckjcbs@163.com

序：核战危机与科幻之旅

　　站在 21 世纪的今天回顾过去，在中国不论是台湾还是大陆，过去的二三十年都是华文科幻作品成长起飞的年代。北京的海洋出版社出了一套很有影响力的《科学神话》即为代表；台湾的照明、环华等出版社，也不约而同地致力于科幻读物的推广。当时两岸几乎没有任何接触，之后的出版信息和图书交流逐渐增多，回望一路走来的华文科幻，虽非繁花锦簇、辉煌灿烂，却仍有豁然开朗的喜悦。

　　《歌丽美雅》的写作动机，思考到世界曾经处在美苏两大强权对抗、核战恐惧阴影的时代，20 世纪 80 年代有一部电视影集《美国沦亡记》，描写俄国侵入美国，统治占领美国全境发生的故事。影片上映后，我真心佩服美国人这种百无禁忌的艺术表现方式，这也是创作自由的一种体现。差不多同一时间，天文学家卡尔·萨根提出的"核子冬天"生态浩劫的警告，犹如暮鼓晨钟一般撼动着人心。今天环顾世局，全球笼罩在恐怖阴影下，令人心惊；"9·11"事件改变了传统战争的概念，再乐观的科幻作者也不能再期望科技将带给明天无限的美好。

那时，我思考人类的未来后，写了文明三部曲：第一部，人类经历浩劫后讨论环境危机的《鼠城记》；第二部，人类追求永生，部分人变成了永恒的机器人，并进行星际移民，讨论人口危机，即《歌丽美雅》；第三部，变成永生的机器人（人类不死）以后的社会，讨论精神危机的《天堂鸟》。

三部书之主题的严肃性也许限制了小说的发挥，但我是从传统小说创作的道路变换跑道走向科幻创作的，我的创作理念不求严肃但也避免通俗，希望取得中间的平衡，保持小说的趣味，同时兼顾科幻想象的原创性，不要太过艰涩而让人难以下咽。我在写作方向摸索中，逐渐发现成人科幻有它创意的局限性，很容易与人"所见略同"，科幻点子也老早被归纳成某些公式。或许正因为这样，张系国认为科幻小说可以不需要主流文化的认可，甚至提出反主流呼吁："……这可以说是科幻小说家的'堕落'企图占有主流的地位，所以才想要改这些名词。这堕落是反面意思，由次文化'堕落'回主文化去，对次文化本身的成员来讲是一种倒退，甚至是种离'经'叛'道'现象。"这时候，我还无法领略他的深沉含意，不甘于科幻小说被视为旁门左道，一直以为科幻小说的存在意义，应该是朝向精致化、艺术化，更希望带给少年朋友若干启迪；这也就是我兼顾写作一系列少年科幻小说及科幻童话的原因，所幸还有《大鼻国历险记》等作品获得台湾的文艺奖。

传统的主流文学把科幻拒之于门外，其来有自，中外皆然，我则念念不忘企求进入一个不被视为"通俗"或"次文化"的领域，希望为科幻小说找到永久的寄托之所，才能为少年儿童科幻努力开拓。最终我体会到"科幻小说是一种童话特质的文学"，今天我们看到科幻小说与哈利·波特或魔戒式的魔法、奇幻纠缠不清，也就不足为怪了。

好在，如今科幻已经可以自立门户，不需要在传统园地栽种、施肥灌溉。

从"纯科幻"的立场来定义科幻小说的性质，正统的科幻小说可以视为一种"思想的实验"，假设某种未来或未知事件发生后，遭遇到的情况和后果描写，就这点来说，科幻小说也许有它预见未来的能力和值得夸耀的地方。"思想的实验"也最常被理论物理学家拿来作为验证物理理论的工具，执行在现实中无法做到的实验。从科幻小说的狭义与广义定义来说，言人人殊，有所谓"有多少科幻小说作家，就有多少种科幻小说"的定义，这是一点不夸张的。我自己最近为少年科幻作者提出的观点是："科幻就是合理的想象，或看似合理的想象。"说得粗俗过火一点就是："扯得有理就是科幻，扯得有趣就是奇幻。"我们也看到中国大陆令人敬佩的王晋康的"核心科幻"与刘慈欣提出的"真科幻"概念，以及韩松令人叫绝的反乌托邦小说，为科幻的意义找到了真髓。《歌丽美雅》

可以说是反乌托邦小说，就是社会科学的幻想小说。

写作长篇科幻的困难在于，作者需要对"陌生"环境作长篇累牍的描写，在构思上吃力不讨好。幻构书写一个与现实迥然相异的世界是要呕心沥血的，对不熟悉的情况描写太多，会引起阅读上的障碍，容易穿帮，也令读者生厌。长篇写作需要储备大量的素材并积蓄长跑耐力，当然不会像中短篇那样轻巧如意，容易达到完美。《歌丽美雅》有着传统小说的架构，写了两个国家的相互关系、战争阴谋与起落兴亡，严肃与通俗兼容，目的在于拉近与非科幻的传统小说的距离，使科幻与人文交融。作品的表现方式或可作为一般想要进入长篇科幻写作者的参考，其中的科幻背景适度安排穿插于人物故事与变幻曲折的情节中。就表现技巧来说，它的缺失应该是场景太过辽阔，人物众多，不是10余万字所能写清楚的，但每个重要的人物和故事线索都在最后的结局中作了完整的交代。

本书写作的原始动机来自《圣经·启示录》的末日预言，还有已故的美国著名预言家艾格·凯西在1936年说的一个关于世界大动乱的著名预言。内容是美国全境大半遭遇毁灭，之后主人公在2100年重生，搭着一架奇怪的飞机以难以置信的速度飞越北美，降落在一个正在重建中的大城市。他问城市的名字，被告之是"纽约市"！20世纪80年代，我在照明出版社推动科幻读物出版时，《世纪的预言》这本奇书提到凯西等人的事迹，就深深地打动了我。

《歌丽美雅》中的科幻概念"永生机器人"，今天也常见诸科学家的各种言论或影视情节。卡耐基梅隆大学的机器人工程师莫拉维克（Hans Moravec）认为大部分人会很高兴脱离血肉之躯，换取更大的自由，在虚拟空间里得到永生；但他猜测，也有一些比较具有野心的原始人会说"我们不想加入机器世界"，就像阿米绪人拒绝文明一般。被《科学美国人》称为"与主流成九十度角前进的人"的佛瑞曼·戴森（Freeman Dyson）说："生命所形成的各种外在形体是无法设定限制的……我们可以想象，在下一个十的十次方年之间，生命可能会从肉体和血演化出去，深埋在星际的黑云之中……或者在一部有感情的计算机中。"杜兰大学的物理学家狄普勒（Frand Tipler）曾撰写博士论文探讨建造时光机器的可能性。他的想法更为超前，他认为宇宙最后将变成一台全知全能的计算机，在遥远的未来，所有过去在宇宙中死去的人，都将靠超级计算机重新组合其肉体和灵魂信息而复活过来。

科幻意念的"所见略同"也许象征科学臆想的某种未来趋势，某些现代人集体做着同样的未来之梦。至于书中所指的消灭特定人种的隐形战争，今天我们逐渐明白基因科技的发展可能制造出生物武器，以消灭特定种族，却对其他族裔无害，美国国防部长柯恩就曾公开表示他的忧虑。

《歌丽美雅》到底在天上还是地下？或在任何一处想象得到、想象不到的地方？本书也许可以带给你某些思考。

梗　概

　　书中故事发生的时间点设定在 22 世纪，即 2095 年第三次世界大战引发全球生态灾难后，富国与穷国极端对比。由于情节复杂，加上还需要描写特殊的环境变迁和两国间的国力消长、政治变迁，人物比较多，为方便阅读，这里稍作说明。

　　"歌丽美雅"是继 A 国衰亡后兴起的富强国家，首都叫太阳城。当时全球受大气污染，有钱国家的大都市才有圆顶大气罩，才可以以高科技建成人工化的温室环境。圆顶城市成了大毁灭后的文明堡垒，保护了上次生态灾难之后的残存人类。歌丽美雅的都市保护罩外面大部分是干旱的不毛之地，邻近的菲里斯情形却完全相反，那里土地和空气恢复得快，动植物生长较佳。可菲里斯是四级贫穷国家，只有首都的狮头马市中心区有圆顶保护罩。然而却传说隐藏着超级地下国——C 国。小说的最后在寻找人类终级乐园的意义上，留下了思考和寓意。

　　在歌丽美雅就算一只猫掉到阴沟里，也要请消防队来救护。首都的人口局每天都统计男女总人数，不经过批准没有人可以偷偷生育小孩。每个妇女每隔一段时间便要注射长效避孕剂，同时接种各种传染病疫苗。拒绝注射避孕剂的妇女将得不到疫苗，随时有可能死于衰老、癌症及各种疾病。只有安分守己、合乎要求的人才有资格在这个有着完整大气保护罩的国家生活，享受福祉，因此必须绝对严格地管制人口，每个人的安全数据都被存入政府的数据库中。

　　受浩劫后的歌丽美雅成为一条只能搭载有限人口的"船"，为了自保必须帮助邻国搞建设并控制人口。男主角蓝力士被派往菲里斯执行人道主义物资援助工作，眼见"违法"所生的婴儿得不到口粮的配给，只能自生自灭，两个国家的差别犹如天堂和地狱。由菲里斯恐怖分子组成的长毛党攻占了菲里斯第二大城马德梭，全城上万人惨遭血腥屠杀，那个没有圆顶保护罩的都市里，横七竖八的尸体散落在断壁残垣间……长毛党的血腥、恐怖行径令人发指。他们把食物掠夺一空后便开始残杀异己。

　　菲里斯的永康镇尚有些许绿意，那是因为地底下埋藏了丰富的垃圾、各种动植物和人类的尸体，腐烂的东西使这里重新生长了植物，有了生机。蓝力士在歌丽美雅遇到的菲里斯美少女香茉莉，后来被查出是长毛党分子。菲里斯不仅需要粮食也需要军援，全国120座城市已被长毛党占领了十分之九，歌丽美雅将派出机器人部队前往平乱，条件是要求绝对控制人口。

但这却是一个不可告人的大阴谋，它与歌丽美雅的"桃花源"计划有关。被挑选的人的思想、性格特征将被输入超级电脑里，以求获得永生……

目　录

楔　子

　　人类的祖先是猴子，不必再辩了；
　　而人类的未来呢？是机器人。

——卡夫卡

　　太空岛的观景窗正对着地球，长廊上许多刚刚出厂的银色机器人，还没有被输入人类的性格、思想，他们只会闲荡着，并且咿咿唔唔讲着几句简单的话或者哼着歌谣：

　　　　没有灵魂的躯壳，
　　　　在等待被拣选的非凡人物，
　　　　他们伟大的心智储存计算机的磁盘，
　　　　如同一颗种子，种入机器人体内，
　　　　细细密密伸展漫过四肢百骸，

生长成为感情思想，还有脾气。

　　这是个由机器人制造机器人的精密工厂。它被命名为"桃花源"，确是名副其实的人类永生之境，只等待着科技的进步，使人类在未死之前得以将自我心智存入计算机，以便寄托在机器人身上，使个体的灵魂永存。这个构想远在将近200年前的20世纪80年代便有人提出，直到最近才接近成熟可用的地步。

　　工程师在走廊上与机器人一同玩乐，偶尔也指着挂在点点繁星之间的一个圆盘，像是蒙上一团乱纱的脸孔，对机器人说："那是地球，我的家乡。"

　　工程师是这座太空岛上仅有的两名真实肉体人类之一，他寂寞得必须找机器人聊天是可以理解的。他甚至指着那块从前的美洲大陆的暗黄地方说："那是歌丽美雅，在大片光秃秃的陆地之中，最富庶繁华的所在。看那最亮的地方，就是太阳城，又叫光明市，有如太空中闪亮的地球火把——歌丽美雅的首都，是由许多圆顶城区聚合而成的伟大都市。城市必须有大气保护罩，才是现代化的理想居所，房子都在罩子里面，那里的人温暖舒适地生活着。"

　　工程师说得起劲时，话显得更多，只要有机器人点头应声，他便会不停地说下去："我的老爸是歌丽美雅元老院的元老季安国，他今年127岁了，除了脑袋之外，全身百分之九十都是人工制造的。有人在背后说他是机器人元老，他一点也不生气，还洋洋得意，因为他知道自己很快就会到桃花源来享福，你们之中的一个机器人便是他灵魂寄托的所在，就看是哪个机器人的荣幸了。"工程师说着，傻傻地笑起来，露出两排光洁的牙齿，蓝眼睛骨碌碌地四下转。他用手背揩了揩嘴边的唾沫，继续说："歌丽美雅的邻国菲里斯是个好地方，那里的城市大部分没有被大气罩保护，只有首都狮头马有一个。"

工程师指着狮头马的位置，兴致勃勃地说："狮头马有狮子的头、马的身体，那座雕像好神气地在圆顶气罩的大门口耸立着，好像一尊保护神。在太空看不到雕像，只能看到狮头马整个城市在靠海的地方闪亮。不过说来也奇怪，整个菲里斯的环境虽然没有许多大气保护罩，可它的土壤、气候和绿色植物的生长情形比歌丽美雅要好太多。歌丽美雅要是没有保护罩，简直是一片荒凉的沙漠，你们在太空中就可以清楚地比较出来。"

"为什么要有保护罩呢？"机器人小露西发问。

"不为什么，只因为2095年核战争之后发生过空前的生态大灾难，全世界的空气都不宜呼吸，土地也不再适合耕种，人口数量急剧下降与动植物大量灭绝，只有少数地区得以幸免。好在歌丽美雅基础雄厚，很快建立起了一个又一个的保护罩，使得人人都生活在温室里，又安全又有保障。所以嘛，歌丽美雅现在居于霸主的地位。"

对于工程师的话，体贴如宠物的美丽机器人永远不会厌烦，他们永远那样富有耐心地倾听，一遍又一遍，是与人聊天的好伴侣。

"传说有一个超级大国——C 国，建立在地下……躲过了核灾害。"帅哥工程师嘟囔着，"地球上还有太空看不到的地方，隐藏着未知的神祕……"

在工程师说话的时候，地球上远离太阳城的另一端，大群的 UFO 亮点正从白雪覆盖的 C 国某地火山口成行列队地飞升而起。UFO，已经是几千年或几百年来的常态现象。机器人晃晃脑袋，拉着工程师的手，倾斜着小脑袋，亲昵地依靠着工程师的肩膀。

太空舱外有红色的火焰飞过，那是来往的宇宙飞船。

他们观看着发亮的星星、银河，还有在太空站外面飘浮工作的其他机器人。

虽然工程师很寂寞，但是跟众多的机器人在一起，他也觉得很快乐，不会有与人类在一起的争端、纠葛与烦恼。现在，他在等待实验的顺利完成，人类永生不死的时刻或许很快就会到来了。

第一章 "人上牌" ——上等的猫食

太阳城圆顶罩子的摩天大楼下，一个年老的女人推着婴儿车慢慢地走着。她的脸上薄施脂粉，微眯着眼睛望着街上形形色色的广告，整个脸庞充满了愉悦之情，一边走一边哼着歌。

"妈咪——妈咪——我爱妈咪——"小孩边叫还边用嘴吮着自己的胖手，另一只手抚摸着温驯的猫儿。

"妈咪——妈咪——"老祖母也跟着小孩喊着，像唱歌一般富有韵味，"妈咪下班回来，疼我的小宝宝。"

四处扬起一阵风沙，路边的纸屑被卷了起来，有一片包装纸刚好吹落到小孩的脸上，挡住她的视线。她挣扎着，用小胖手抓起那张纸，往旁边一甩。这时，在婴儿车内的猫被惊动了，跳跃几下，便钻出婴儿车外面，在路边墙角闻闻嗅嗅、躲躲藏藏的。

"小喵喵回来，小喵喵回来！"老祖母声嘶力竭地叫着。

猫儿秀色的毛被斜阳照到，反射出艳丽的光泽。小孩与老祖母在一旁着急地叫着，老祖母跑过去要抱起猫儿，可突如其来的一阵汽车刹车声把猫儿吓得往水沟洞里面钻。

"小喵喵！小喵喵！"老祖母趴在洞口呼叫着。

阴沟里传出猫儿的咪咪叫声，那样凄厉哀恻。老祖母发慌了，拼命用手搬水泥板，它却动也不动的。她探手进去，向阴沟里面挥动，希望引起猫儿的注意，然而猫儿的叫声似乎越来越远，越来越微弱，直到再也听不见了。

"我的天，小喵喵失踪了！"老祖母的眼泪夺眶而出，急得直跺脚，"大家来帮帮我呀！大家来帮帮我呀！"

群众围过来，询问怎么回事，有个小伙子劝她快打电话叫消防队的人来。老祖母泪汪汪地说："不行！不行！我孙女会哭哩！我离不开她，还是请你帮帮忙，快一点，帮我打个电话好了！"

"好的！你在这边等着，不必慌！我这就去！"

几分钟后，消防车鸣着紧急的呜呜声匆匆赶到，开始进行抢救。一名消防员在了解情况以后，对老祖母说："我们要打通阴沟，可能要破坏地上的一些设施，还有别人家的墙壁，要花许多钱，你舍得吗？"

"钱？什么钱！政府总该照顾我们一点的？"

"不错！在 1 000 歌丽元之内，政府可以负责，超过这个数目，可能你们要负担超出的部分！"

"那就赶快干吧！"老祖母急得满头大汗，对着消防员喊着，"我的小喵喵要紧，你就赶快进行吧！再不快动手，它在里面要闷死了！"

消防员的头皮下装有执法记录仪，他们以熟练的技巧挖开地面的障碍，并在两边设置保护带，但在他们把手探进去的刹那，那只猫儿吓慌了，又从打洞拦截的地方越过，往更深、更远的阴沟里跑去。现在他们只有碰碰运气，在另一个地方再打一个洞设法拦截。这一次他们可以确定，那只猫儿没有越过这个拦截处，至少他们可以在两个拦截处之间控制住猫儿的行踪，再设法引诱它出洞。消防员走过来问老祖母："你家小喵喵喜欢吃什么东西？我们需要东西引诱它！"

"我们给它上等的猫食。"老祖母说，"我现在就去对面超级市场买几罐过来，你们等着好了。"

"你给我钱，我帮你过去买好了！"消防员说，"你带着小孩不方便！"

老祖母从身上掏出几张歌丽元纸币，递给消防员请他代劳。

"给我买半打好了，剩下的给你们买香烟吧。"

"不用了，您太客气了！"消防员拿着钱就跑。

"慢着，"老祖母叫住了消防员，对他说，"要最高级的'人上牌'食品，知道吗？"

"'人上牌'！记住了！好牌子！"消防员掉头就走。

猫食是买来了，用来做诱饵，但是并没有把小喵喵引诱出来。消防队开始着急了，最后他们决定再撬开阴沟上面的水泥板，以便快点结束拯救工作。

圆顶罩子外面的太阳早已沉落西方地平线，摩天大楼耀眼的灯光把街景照得如同白昼。老祖母望着前面不远处那幢大楼的第五十层，那儿该是她的家，现在灯光也亮了，分不清楚是她家的，还是别人家的，料想这时候孩子的妈应该回家了。说不定在巴望着她和女儿也快点回家。

霓虹灯亮着，五颜六色的光点缀在街头，来往的汽车与行人有如流水行云。欢声笑语不断，一片热闹繁华。围观的群众不时探问："怎么回事？"很快便会有消防员或是老祖母回答："猫躲到阴沟里去了！"

行人聚集过来又散了开去，一批又一批看热闹的人，对于老祖母和她的孙女都寄以同情。消防员经过一个小时的工作，总算把猫救出来了。浑身又湿又脏又臭的小猫不断在那儿打哆嗦。

"好可怜哟！"老祖母轻抚着小猫，老泪纵横，"恐怕要生病了！快送它上医院去吧！"

消防队员把腕表伸到灰发老祖母面前，要她在上面报上名字，算是以声波认证，并对她说："为了救这只猫，可能你们要支付100元的费用，小意思啦！另外，你要我们帮忙送这只猫到医院里去，也请你用拇指在我腕表按一下，算是签了字，我们送到医院以后，就由医护人员照顾小猫了。"

"我是援外司司长金恩的妈！"老祖母忍不住嘀咕着。

老祖母又依照消防员的请求，在他车子里显示的浮空表格上，点了点手掌，算是登记了自己的姓名、地址，还有信用卡号码等。然后，她推着婴儿回家了。

小孩已经饿了，频频喊着"妈咪、妈咪"，老祖母满脸紧绷的皱纹在红红绿绿的灯光照射下松开来。她舒了一口气，安慰小孩说："就快到家了，妈咪已经在上面看我们了。"

她手指着耸立在前方的一幢超级大楼，抬头向上望，老祖母知道，也许就在那五十层大楼的窗内，小孩的母亲正在俯望纷纭繁华的街景，期盼着婆婆与女儿的归来。

"妈咪，妈咪，我爱妈咪！"小孩像唱歌似的，不停地喊着。

灰发的老祖母——金恩司长的妈妈推着婴儿车进了大楼。

大厅里的一个角落现出热闹、华丽的浮空光影，投射出的影像是歌丽美雅都市风景图和新闻掠影，显示住在这儿的男女血统复杂，身段和体魄显得不凡。新闻也提到了金恩老夫人的丈夫在大浩劫中罹难，另外还介绍了自21世纪以后，C国逐渐取得了优势……

第二章 葬 礼

一架飞机在高楼林立的空中穿梭，闪过许多灯光与星光，在全国经济发展大楼的楼顶停了下来。

费米利部长的两撇胡子在嘴角边轻微扬动着，那是因为他在不断对身边的女秘书讲话，讲得兴奋时频频微笑。他探身出去，拉着女秘书的手走下了飞机。

"总统要我们的单位办得最有效率，发挥最大的效果，要不是你这么能干，今天总统召见，我可要吃苦头了！"

"部长，到底今天情况如何？"夏絮茵问，"你说了半天，还没有把要点说出来。"

费米利用手捋捋被风吹乱的头发，抬头向飞机驾驶员招了招手。他把公文包夹得很紧，回过脸来对夏絮茵微笑着说："没什么，没什么，只是例行的接见谈话。给我一些机密资料，我们回来再分析一下。"

"那个援外司的金恩司长正在等我们哩!"

"我们快点下楼吧!"

他们从屋顶的入口处搭电梯到第三十三层,匆匆忙忙走进去,办公室里面静悄悄的,除了守卫机器人和少数人员以外大家都下班回家了。

援外司司长金恩的办公室,就在走廊尽头,灯光还亮着,表示里面还有人,老远就闻到过道传来一股烟味混合着花香味,这个有烟瘾的援外司司长金恩,由于亲人经历大灾难后的恐惧和焦虑,每一分钟都离不开香烟,如今是以人造花香清醒剂和香烟交替使用烟斗,希望早点戒烟瘾。自然的,他的吞云吐雾也就造成了某种程度的空气污染。

金恩司长的岳父岳母原来住在遥远神祕的C国,在核战和生态大劫难中,和世界上亿万人一样死难或失踪,广阔大地荒芜,在核子冬天中被积雪所覆盖。金恩常常陪夫人蓝美姬去看心理医生,夫人诉说着不变的故事:她常在噩梦中惊叫醒来,浑身大汗湿透,看见蘑菇云在各地升起,几百颗太阳闪照天空,房屋建筑转眼成灰烬粉末,人畜瞬间气化,也有人的影像残印墙上,之后天空下起黑雨,如鬼魅般的人影,断肢散落,凄惨的景象在火海硝烟和残破的瓦砾间显现,父母亲烧焦溃烂的脸及残破的身躯,如骷髅般失魂地趴在倒卧的尸体焦炭间,21世纪末恐怖的"九五"大灾难是众生共有的噩梦。多年来蓝美姬、蓝力士断断续续接到家乡C国的信息,两兄妹是父母亲带到太阳城来的,父亲在外出途中失踪,母亲去世于辐射感染，远在地球另一端 C 国的祖父母还期待着孙儿孙女的爸爸还活在世界上某一个角落。

"没有空气调节吗？"夏絮茵奇怪地说，"我们的换气设备不行了吗？"

"大概下班了，机器也跟着下班了。"费米利部长答道。

"你真幽默！"夏絮茵含情地对他一笑。

他们走进去，看见司长正斜靠在沙发上，像在闭目养神，嘴里叼着的半截香烟还没有熄灭，烟雾缭绕。夏絮茵不禁咳嗽起来，费米利赶紧按动墙边的空气调节换气钮，再去拍拍那个睡着了的司长。

"奇怪，他说要等我回来的，这么快就睡着了！"部长一再地拍他的脸颊，司长的香烟便落在衣服上又掉到地板上。

夏絮茵捡起了香烟，把香烟放在烟灰缸内摁熄。

部长猛力拍打司长的脸颊，司长却依然木木地动也不动。

冷汗从费米利部长的额前流下来，他把耳朵贴在司长的胸口上，仔细倾听，他的脸色变了。

"我的天，金恩司长死了！"

"哎哟！"夏絮茵一手掩着呆张的樱桃小口，想说些什么话，又说不出来。

老祖母进了家门，把刚才在街道上发生的一连串事故告诉自己的媳妇。

"小喵喵送医院去了。"老祖母说，"好可怜哟，浑身脏兮兮、湿漉漉的，差点把我吓坏了，以为小喵喵再也找不回来了，以为它就这样走失在阴沟里面了。"老祖母说着说着，再也忍不住掉下泪来。

蓝美姬正忙着从电动厨房里端出煮好的菜肴，她叫机器人保姆过去照顾女儿小珠儿，一边安慰着婆婆，叫她别伤心，反正事情已经过去了。其实她正担心着自己的丈夫发生什么事，这两天他行动怪怪的，心情也不大好，常常和她吵架。在她稍微平静时，她过来抱起小珠儿，问她："今天在街上看到什么啦？有什么好玩儿的没有？"

"好多好多人……在在……救我们家的小喵喵。"

"你怕不怕？"

"怕什么呢？"

"怕小喵喵丢了，生病了，没有同伴跟你玩呀。"

"我不怕！小喵喵丢了，妈咪再买一个小喵喵来。"

机器人把餐具都摆好了，叫大家来吃饭。老祖母站在窗边，不断地俯视摩天大楼下的街景，也许她会看到一辆白色的车子，那就是她的儿子下班回来了。今天似乎特别迟。

"妈，来吃饭吧！"蓝美姬说，"我们不等他了，他今天不回来吃晚饭，刚才来了耳机电话说有急事，还要在办公室处理一些事情。"耳机电话是塞在耳道里的科技用品，以方便人们通信，只要眨两下眼皮就可以接收信息和拨打电话。

婆婆与媳妇面对面坐着，开始用餐，那机器人保姆在给小珠儿喂食。因为美姬心情闷闷不乐，也就少讲话。白发皤然、老态毕现的老祖母打破沉默问媳妇："最近跟你的大鼻子老公闹别扭了吗？"

"嗯。"蓝美姬有一句没一句地说着，"还不是他心情不好，不知他为什么心烦，好像是挨了什么官腔吧！"

"公家的事嘛，何必这样！"老祖母温柔地说，"你也多体谅他一点，他的责任是够重的！"

这时，3D影像电话的音乐铃声响起，蓝美姬走到墙边，对着浮空的影像挥挥手，启动对话指令。影像中那两撇微翘的胡子正是他最好的标志。

"金恩夫人，你好！"费米利表情严肃，面露威容，欲言又止，"吃晚饭了吗？"

"是的，部长，有什么指示吗？"一下子美姬感觉到部长的突然来电，像是有什么紧急的事。

"金恩夫人，还有金恩老夫人，我们……我们很难过……"

"什么？"美姬叫了起来，"怎么回事啊？"

"请你们在心理上预先有个准备，我们要报告一件令人难过的事。"

"到底怎么回事？"老祖母也紧张了，眯着老眼，注视着墙上的屏幕。

"我们……我们刚刚发现……我们敬爱的司长金恩先生……在他的办公室里不幸去世了！"费米利鼓起最大的勇气把话说完，哽咽着难以继续。他吁了一口气继续说："请金夫人、金老夫人节哀顺变，不要过分悲伤。"

蓝美姬张大了嘴巴，久久讲不出话来。她转过身，看见婆婆趴在餐桌上号啕大哭，也忍不住走过去，与婆婆相拥而泣。

"我儿呀！怎么死了……死了？我不相信呀……老天为什么这样虐待我呢？"老祖母哭泣着，嘶喊着。

在一旁的小珠儿受了惊吓，也哇哇大哭起来。家里乱成一团。机器人保姆呆呆地站着，不知如何是好，他对着电视墙说："部长先生，我们需要你们的帮助和安慰，你们何不派几个人过来呢？"

"我们的人几分钟内就会赶到。"费米利部长的影像消失了。

机器人说："谢谢部长。"然后关掉了通话机。他开始以亲切的口吻安慰这不幸的一家人。

庄严、隆重的葬礼在国家公墓举行。

总统英怀德致词赞扬援外司司长金恩过去多年的成就，许多外国特使也在葬礼上致悼词。

"贵国又一个伟大人物与世长辞了。"那位来自阿希利国的黑人大使呜咽着说，"是贵国的帮助使我们在"九五"浩劫后站了起来，人人有饭吃、有衣穿。贵国的援外司司长，过去多年一直与我私交甚好，贵国的精神活在金恩先生的心里，金恩先生的精神是永远存在的，我们永远感谢，我国人民也将永远纪念他。"

蓝力士偷偷地碰了碰费米利的肩膀，对他说："这个家伙确实不是表演的。"

费米利瞄了他一眼："庄重一点，总统还在这里。"

棺木放入墓穴里，泥土一铲一铲地撒下去了，蓝力士的心田也留下推不开的悲哀。此刻，他注视着妹妹蓝美姬，自从丈夫去世以后，她变得瘦削、憔悴了。有几次在公开的 3D 影像电话通话或私人耳机通话中，他看出她的过度悲哀与无奈。对于自己的妹妹，他能够做的只有言语上的安慰而已。

葬礼结束以后，蓝力士走过去，搭住蓝美姬的肩膀，对她说："妹妹，我能够帮你做些什么吗？"

"改天打电话给我吧！"蓝美姬幽怨地说。

蓝美姬的车子走远了，蓝力士目送着她，心里扬起了阵阵悲伤。身后有一只纤细的手搭住他的肩膀，他回过身来，看见夏絮茵明媚艳丽的脸正对着他展开微笑。

"恭喜你升官了！"樱桃小嘴露出亮丽的玉齿，"你要到菲里斯国去担任援外代表人了。"

"你怎么知道呢？"

"昨天会议决定了人选。"

"好家伙，我刚刚回来，就要派我出去！"蓝力士随手从口袋里拿出一件盒装的小饰物放在夏絮茵的手里，那是雕刻得很精致的一朵玫瑰花，"这个送给你，我从摩路卡带回来的。"

夏絮茵欣赏着饰物，眼睛斜看了他一下，对他说："我快结婚了！"

像是突如其来的一阵轰击，蓝力士顿时被震惊得差点跳起来。

"怎么会？跟谁？"

夏絮茵指着那位正在跟阿希利大使谈话的经济发展部部长费米利说："就是他！"

"唉！我早该料到！"蓝力士苦笑着，他用多毛的手背抚触着下巴。一阵豪放的大笑过后，他说："近水楼台先得月，实在不错！"

"你不能怪我！"夏絮茵说，"你老是在国外。"

墓园上的人群散去，冷冷的墓碑在冷风中显得格外凄凉。蓝力士仰脸看着圆顶玻璃罩外的阳光，看看四处的青绿，再看看身边拉丁混血美女夏絮茵，他只能耸耸肩膀，跟她握手道别。也许因为蓝力士不苟言笑，看起来刚硬如山，欠缺柔软身段，不懂得讨女人欢心才没有被看上，一头黑发和黑眼珠，本来在这儿是一般拉丁裔常见的，可眼里总带了些浩劫后的失神忧郁，妻子的意外死亡对他打击很大，也就没把夏絮茵看得很重要，夏絮茵本来就蛮不是滋味，选择伴侣也顾不了曾经的心猿意马或有意无意了。

第三章　援外计划

　　蓝力士回到经济发展部的办公室，在他心情还没有完全平复的时候，与援外司司长的会谈不免触景伤情。往日在这个办公室里坐的是烟瘾很大的老友，如今人去人易，室内的陈设也稍微更换了，原来摆在办公桌上的是金恩的一张全家福照片，现在换上了新任司长麦甘纳的女友照片，她是一个金发碧眼、身材健美、笑靥迷人的娇娇女。

　　"蓝力士，坐下。"麦甘纳平和沉厚地说，"我们需要你到菲里斯去一趟。你知道的，到目前为止，我们对援助贫穷弱小国家是不遗余力的。我看最适合的方法是把那些人全部改装成不会生育的机器人来为我们服务，这样最好不过。我国目前要维持领导地位，不得不进行从前老 A 帝国所做的事，这也是没办法。"

　　"老 A 失败了，没落了，"蓝力士说，"还不是给穷人拖垮的。"

"但是今天我们要接替老 A 未完的工作，接替老 A 从前留下来的责任，我们一定要有方法、有手段，不能老是拿钱给人家，还要遭人家唾骂，那太不值得了。"麦甘纳按动了浮在桌上的虚拟键板，打开放映机的开关，继续说，"总统昨天对你出使菲里斯有一些特别指示，看看吧！"

总统的影像出现在墙壁的屏幕上。他所说的不外乎是多了解当地的民情风俗，要注意避免与当地人不和睦，发生不必要的冲突。蓝力士看得有点想打瞌睡，于是把视线转向麦甘纳桌上的那个金发女郎的照片。那个女孩子叫玛莎，他曾经见过她几次，在宴会中她总是甜蜜地陪伴在麦甘纳身边。她以具有 A 国血统为荣，A 国虽然不再强盛，但她表现于言谈眉宇间的仍然是怀念 A 国的过往。A 国的血统不再是荣耀，A 国垮了，她的光荣早已褪色——只存在于人心的黑暗之处；就像古罗马的文明曾经照耀过整个西方世界一般。蓝力士从自己祖父母那边经常得到信息，他知道，大浩劫之后有一种神秘的文明存在于家乡，传说那里有意隔绝再污染，借助超级科技的地钻龙打造出一个人造卫星都侦测不到的超级地底世界。

"看这里，"麦甘纳想提醒他注意，"重要的话都在下面。"蓝力士不禁把视线从美女照片收回来，转向墙壁。

屏幕上的总统继续说："经过我国外交委员会的一项秘密会议，我国决定向组织区域联邦的道路推进。因此，对于援外计划，要特别认真推行，希望将来有一天每一个孤立地区都能有联系和互助。当年 A 国所能做的，我们要做得更加谨慎、有效，让别的国家对我们都口服心服。"

3D 屏幕上总统的影像消失了。麦甘纳又给他看了一些相关报告，在其他国家，人口问题导致的饥荒相当严重，即使是情况较好的地区，居住环境的拥挤、污染也相当可怕。麦甘纳把一大沓档案和光盘装进一只皮箱交给他。

"资料都在这里，你先了解一下菲里斯整个国家的情况吧！"

蓝力士回到自己的办公室，开始翻阅那些档案。

菲里斯国，人口 5 000 万，面积 58 447 平方千米。国会为立法机关，议员三分之二由民选产生，任期六年；三分之一由总统提名，经过全民公会选举产生，任期三年；总统掌行政权，由全民公会选举产生，任期五年；设国务院，又称内阁，协理政务，国务院总理及内阁成员由总统任命。

菲里斯与歌丽美雅关系友好，自歌丽美雅成立以来，就一直与歌丽美雅签有协防条约，并接受歌丽美雅的援助。该国在第三次世界大战后沦为三级贫穷国家，农业人口占三分之二，工业尚在初期发展重建阶段……

蓝力士看着看着，不知不觉疲倦地睡着了。这也难怪，千万里征程，来去匆忙，经历那么多变幻曲折与沧桑，他感到心力交瘁，尤其对妹夫金恩的去世更感到突然。从他出生的时候起，世界已经是这个样子了，富裕的国家很富裕，贫穷的国家却穷得永远要靠别国援助。他对自己的工作颇感茫然，对世界这种造设也觉得不公平。

第四章 疑 惑

　　蓝美姬工作的实验室里穿着白色衣服的研究员一长排地坐着，各自检视着自己的仪器。蓝美姬正在把从猩猩身上取下来的病理组织放在显微镜下仔细观察，准备写报告。这只猩猩是因为服用一种行为控制药物，导致兴奋过度，不断与母猴交合而死。死后身体的组织被做成各种切片进行研究。

　　实验中，搜集到了各种不同情绪，包括最具代表性的快乐、悲伤、惭愧、恐惧、憎恨、焦虑。已知要熬过悲伤的情绪耗时最长，其次是憎恨，排名第三的是快乐。依次再细究其他不同的情绪，这是上级指示的研究目标，希望了解造成"九五"大浩劫的人类集体潜意识，今后是否可以借由提炼制造出来的情绪物质，投放使用到人类，也许能够避免危机，但也可以形成反向效果，用于负面用途。这是蓝美姬偶尔会思考到的问题。

一曲《蓝色多瑙河》轻轻柔柔地在室内缭绕着。蓝美姬因为正承受丧夫之痛，不大想干什么，只想用工作尽快使自己的心情稳定平复下来。

探首窗外，一大群人戴着兔子、猴子、猩猩等假面具，正在街道上游行示威。他们每个人手里都拿着一块木牌，上面写着："禁止使用动物做试验""科学家们拿出良心来""我们的动物要保护""动物不能被虐待""动物要求生存权""释放动物，回归自然"等大大小小的字，他们在为动物鸣不平。

呐喊的人群阻塞了交通，有用扩音器喊叫的，还有敲锣打鼓的、唱歌的，好不热闹。她整整衣衫和头发，在镜前打理了一下，走向主任史德卫的办公室。

史德卫正在3D影像中同别人讲话。蓝美姬站了一站，微笑着，史德卫赶紧三言两语挂断电话，起身迎接她。

"外面又有热闹了，主任知道吗?"

"什么事?"

"有人在示威，抗议我们。"

史德卫站起身，走到窗边，朝底下的街道探视一眼，回过头来，耸耸肩，无可奈何地说："就是这么回事，你别管它吧!"

"我受不了!"

"世界上没有绝对便宜的事，就像会计学原理一样，有收入必有付出，有借有贷，你这边推一把，那边就会有反作用产生。世界上的事永远是平衡的，这是没办法的事。"

"但是我很难过。"

"妇人之仁。"史德卫走到桌边，把扩音器里《蓝色多瑙河》的音量放大了一点，继续说，"又要马儿跑，又要马儿不吃草，是不可能的。一般群众有一个错误的印象，以为科学家可以减少使用动物做实验研究，但仍然可以继续维护人类的健康，这是不可能的。"

"主任，我得到的一些资料是，他们建议用实验室里培养出来的类似生命的组织来研究化学物和细菌，他们不希望使用活的动物来做实验，这样太违反人道！"

"别忘了，蓝小姐，我们牺牲这些动物是为了人类，这是另外一种人道，这是无可奈何的事。自然界中每一种生物都会吃了别的生物，然后又被别的生物所吃。为了人类的健康着想，牺牲另一种动物，这是没有选择余地的。"史德卫悠闲地说。他肥厚的嘴唇看不出有多么忠厚，对于他所从事的工作，自认为是理所当然无愧于心，但在蓝美姬的眼中看来，至少该对这些牺牲的动物稍存一点怜悯之心。

蓝美姬注视着底下游行的人群，那些大大小小的动物模型——青蛙、猴子、兔子、猩猩、猎狗等，就戴在人的头上，随着人们的喊叫做出各种姿势。有一个穿红衣服的人正拿着手提扩音器在喊话。靠近公园门口的一个男子正在朝她这边招手，虽然距离很远，但从他宽阔的肩膀、脸上深陷的眼眶、高挺的鼻子以及高大的身材，她一眼就可以看出他就是她的哥哥蓝力士。

蓝美姬向底下那个站立的人挥了一下手，表示她看见了。

"谁呀？"史德卫问。

"蓝力士，我的哥哥。"

"他在等你吗？"

"他没通知我要来找我，也许只是路过而已。"蓝美姬说，"也许他也参加了抗议游行。"

史德卫再度走向窗边，朝下面注视，喃喃说着："蓝力士我应该认识的，他是援外部门的红人，他还没结婚吧？长得倒是挺帅的。"

"他一直是单身。"蓝美姬回过头来望了主任一眼，发现主任的问句有点奇怪。

史德卫的一只手搭在蓝美姬的肩膀上，他带着点沙哑的声音，显得低沉而温柔："美姬，你有没有想到再结婚？"

"还没有！"她转过身，"我必须走了。"

"别那么匆忙！"史德卫拉住她的手，"人口局正在研究扩大编制，如果你有兴趣，不妨到那边去工作，我可以推荐你去。他们需要增加许多研究员。"

史德卫的话引起她的注意，她略一驻足，回眸凝视了他一眼："到人口局去也好，如果你能为我想办法的话！"

"人口局奉了总统的命令，正在设法严密管制我国的人口结构，你没听说过吗？就是说，希望歌丽美雅将来每增加一个人，必须是有一个人死了才允许增加。我们不能允许人口无限制地增加，像旧世界一样混乱，漫无限制，这样最后会把我们自己弄垮，就像老 A 或是罗马帝国一样。我们一定要汲取历史的教训，我们不容许再有任何差错产生。"史德卫侃侃而谈。

蓝美姬仔细地听着，她开始感兴趣与好奇。她乌黑的眼睛散射的眸光有一股魅力。

史德卫以他厚重的嘴唇继续他的讲话，臃肿的脸上渗出了一粒粒的汗珠："歌丽美雅要在现有资源上发挥最大的效率，就必须要在各方面实施严厉的管制。我们在某方面只是一个封闭的社会，尽量不使外地城邦的疾病、饥荒、人口爆炸、污染等情形蔓延到我们的国家，这是保卫我们国家的一种新方法，跟过去的老 A 情况是有差别的。在你丈夫去世前的一个晚上，我们还在谈论怎样使我们的援外计划能够切实有效地推行，同时不伤损我国的元气。再一个，在内政方面怎样维护现有的体制，进行人口平衡计划，而不引起那些想移民到我国来的人的反感，这是挺重要的……"

史德卫的话越说越长，越说越起劲，蓝美姬只能略作敷衍，对他说："我下去看一下，也许蓝力士找我有事，也许他要出国去了。"

"晚上有空吗？"史德卫问她，"我们出城去，到胜利神像逛逛!"

"再说吧!"

蓝美姬匆匆忙忙走下楼去,走出自动门,迎面所见是一大群示威的人,对着这栋大楼在喊叫、嘶吼,几只套在人头上的兔子道具冲着她脸上扑来,发出各种怪叫声,有人还伸出双手作势要扑向她,她全不理睬,快步奔向公园门口。

蓝力士看到她来,笑眯着眼睛,张开双手作迎接状。蓝美姬兴奋地笑着,俨然把所有不快的事都抛诸脑后。

"我只是经过这里,"蓝力士说,"偶然发现你在窗口,向你招招手而已。"

蓝美姬转头回望窗口,上面正站着史德卫,那圆圆胖胖的脸看起来有点滑稽可笑。

"老哥,自从你回来以后,我还没有好好跟你谈过哩!"蓝美姬说,"国外的情况怎么样?"

"一言难尽,你还是进去做你的事吧!你的主管在看你了。"

蓝美姬刚刚开始从丧夫之痛中复原,她感激地说:"谢谢你送给我的快乐丸,很有效,对克服忧郁,我觉得很有用。"

蓝力士从他的上衣口袋里取出一朵玫瑰花,玩笑地放在蓝美姬手上,对她说:"你还年轻,像这朵花一样,应该会有许多人对你有兴趣,振作点吧!"

蓝美姬的眼睑垂了下来,双颊泛起了红晕,含羞带怯地微笑着，手里把玩着那朵玫瑰花，自言自语地说："人总要面对现实，不能活在回忆里！"

"你还算坚强。"

"我是坚强，可我的丈夫死得太突然了！"

"是很突然！"蓝力士再度抬眼注视了一下楼上的窗口，"我不能多说什么，我一直身在国外，对国内的情况不是很了解，你得到的你丈夫的死因报告是卫生局发的吗？"

"说是心脏突然衰竭缺氧致死。"

蓝力士一阵沉默，从他的表情上可见对于这件事情的怀疑，只是没有表现出来而已。

"事前一点迹象也没有。"蓝美姬说，"说实在的，我还不相信金恩死了，他一定还活在这个世界的某处。"

"死是死了，别太天真了。我只是很疑惑，搞不懂上面为什么把我调来调去。这些年来我一直在国外，现在又要被派往菲里斯国去，说是升我的官，其实不见得，好像故意把我冷落在外面一样。"

蓝美姬注视着他，从她眼神中流露出的不仅是忧郁、困扰与迷惑。她低声说："这些年，你在外面流浪得好辛苦吧！应该很疲倦，总得找个时间休息休息吧！"

"我一向习惯了的，现在该为你自己打算，还有为孩子打算。"

"有什么不对劲吗？你以为我丈夫的死有问题？"

"就是太突然了，一切都来得太突然了！我刚才所说的话，我再重复一遍，我有疑惑，若是你觉得有什么不对劲的话，希望你随时通知我。必要的话，你也可以离开，到菲里斯来找我！"

"我会记在心里。"

他们在公园里走了一段路，迎面闻到扑鼻的花香，这是使蓝力士心神振奋的花香。他所到过的国家大多是贫穷落后的，很少有优雅的环境可供人游览驻足，只有回到自己的国家才有这等赏心悦目的享受。

许多大大小小、五颜六色的气球从公园边的示威群众中被施放出来，上面写的是那些抗议的文字，要求保护动物，不可以因为实验而造成动物的痛苦。

在国家安全委员会墙上的许多电视屏幕上出现的正是公园旁边示威人群画面。许多气球飞向天空，群众的吼声转为歌唱，人们开始散去。

费米利的眼睛突然一亮，他站起来，指着电视屏幕上的两个影子说："这不是蓝力士吗？他在公园干什么？跟他妹妹在一起！且慢，通知摄影师使用长距离镜头做追踪摄影，查证一下。"

费米利部长的女秘书夏絮茵按了一个键，讲了几句话，画面上很快出现了蓝力士与蓝美姬的近距离摄影，他们的谈话声音也经由长距离激光窃听装置传过来。

"你一定要记住我的话，有什么困难的话想办法联络我。"

"没什么事的，我不喜欢在医学实验中心工作而已，我下不了手，用动物做实验太残酷了！"

蓝力士和蓝美姬调回头，朝医学实验中心的方向走去。

"蓝力士为什么会来找她？"费米利问，"他有什么事情找她呢？"

"没有什么事！"另一位调查员回答说，"他们已经很久没有联络了，大概只是普通的会面而已！"

"看样子，他蛮关心妹妹的。"费米利说。

"不要多加猜测了，这是题外话！"主持会议的总理白慕理站起来，指着电视屏幕上的示威画面说，"今天歌丽美雅的强大带给人民的富足繁荣是从每一个角落、每一件事表现出来的。像这种示威场面，我们安全委员会也有人负责参与，因为这是代表我国民主法治，重视人道的一面，我们更要求所有的外国通讯社记者，能够将这个场面播放出去！"

在墙上的许多电视屏幕中可见蓝力士与蓝美姬挥手道别。蓝美姬走向医学实验中心的大楼，蓝力士则跳上一辆车子离开了。

"刚才我们讨论到援助菲里斯国的案子，"总理继续说："我们的计划就是有代价地援助。在座的各位都知道，安全委员会的会议是绝对机密，不得外泄的，整个国家只有我们12

个人知道这些事，连总统不过 13 个人。各位一定不可以有任
何的疏忽，若有不慎，泄露出这些秘密，那时候，后果是不堪
想象的……你们当然知道后果是怎么回事。事实上，今天我国
的整个国策至少是在负起区域领导的责任，拯救他国免于饥荒
的命运，我们有我们应该走的路，听说 C 国处于长年被白雪
覆盖的大洲，似乎不愿跟我们打交道，从 21 世纪末的大浩劫
之后，还隐藏了很多神祕，我们的人造卫星总是发现奇怪的
UFO 从海里或地底升起。唉！UFO 这事情，从几千年、几百
年前就是这样子了，无视我们太空站的存在是当然的了。"

　　总理的话一说完，电视屏幕正中间的一个较大的画面便出
现了总统的影像。大家全体起立，总统向各位颔首问好，全体
人员向总统鞠躬致敬。担任主席的总理宣布散会。

第五章 清香的茉莉

　　蓝力士走向坐落在河边高楼上的寓所，偶尔看到无人机在天上巡逻掠过，街上亮亮的灯光很刺眼，都是一些自动驾驶的汽车车前灯及街头装饰用的霓虹灯。由于长年在国外落后地区，他已不习惯这种繁华富庶的景象，不习惯这种夜晚的灯光，虽然不至于感到不舒适，却也着实令他目眩神迷。他不禁走到较为黑暗的角落去。

　　几个醉汉从巷弄里出来，叫叫嚷嚷地揪住一个衣衫单薄的女人，把她仅有的一件衣服剥下来，只剩下贴身的内衣裤。女人用手掩着下身，一边喊救命，一边拼命奔跑。一个醉汉扑上去，如饿虎一般压在她的身上，然后气喘吁吁地揪住她想要满足自己的兽欲。

　　蓝力士掏出身上的无声麻醉枪，朝那男人射了一枪，男人痉挛了一阵子，就直挺挺地仰天而睡。

女人站起来，几个醉汉又朝她扑上去。蓝力士发火了，上前去朝那一团扭七竖八的野兽连连发射了几枪。子弹无声无息射入几具人体，在血红色的霓虹灯下，那些扭动的人体，犹如染血的蛇类，呆张的嘴巴流着口涎，闪烁的两眼逆射出愤怒的火光，看起来那样贪婪、狰狞、可怕。他们挣扎着，犹如临睡前的反抗。他们凝视着蓝力士，那一双双迷蒙的眼半开半合，努力想睁开却又抵挡不住发作的药性，而纷纷阖眼入睡，四肢也软趴趴地贴在地上了。

这时，突然从后面又窜出一条黑影，朝他扑过去。女人的一声惊叫使蓝力士警觉到自己面临了危险。他稍微转过身子，一张散发着酒臭味的多毛的野兽般的面孔已冲到他面前，并且在他的肩膀上狠力一咬，两人都摔倒在地。蓝力士在匆忙中掉落了自己的无声麻醉枪，他开始使用拳脚与那个醉汉扭斗。肩膀的剧痛使他感到浑身乏力，没有办法使出力量，那个醉汉把他压在下面，双脚夹紧了他的身子。蓝力士下意识地挥拳击打上面的人体，他似乎力不从心，他看见那醉汉从腰间抽出一柄亮闪闪的刀，挥舞着，朝他的胸口刺下去……

突然，醉汉的身体被什么东西撞击了一下，执刀的手也倾斜过去，那一刀没有刺中蓝力士的身体，却刺中了地面。蓝力士乘势一推，把醉汉推倒，自己挣扎着起身。就在蓝力士发现那醉汉又挥起刀进行第二次攻击时，一刹那间，醉汉像中了邪似的，抽动一下身体，举刀的手停在空中，身子瘫软下来，刀落手落，两眼一闭，瘫倒在地。

女人拿着枪站在后面，她的手在颤抖，看见一切归于平静，就弯身拾起地面上的残破衣物遮掩自己的身体。

蓝力士脱下身上的外衣，披在女人身体上，对她说：

"你在这里干什么？"

"我是菲里斯人，他们纠缠我不让我回去！"

蓝力士招来一辆无人车，和她一起进到里面去。

"我送你回去吧！"

计算机声控"司机"，问他们往哪里去。

"往哪里去？"蓝力士问她，"你告诉司机吧！"

"满星路，星云大厦。"

"你是干什么的？"

"我在化学工厂做管理员。刚才那些男人都是偷渡入境的，他们成天醉生梦死，不知道为他们的家人做一点事，寄一点钱回去！"

"你有居留证吗？"

"有的。我在这里工作了三年，我是学化学的。"

"你跟他们是怎样认识的？"

"在菲里斯就认识了，他们无聊，缠着我找乐子。"

"你可以不理他们。"

"我不能不理，他们曾是我爸爸的手下，我爸爸科学实验的半成品是一种可以造成假死状态的病毒，被他们拿去利用，冤枉害死很多人，我爸爸需要他们作证。"女人欲言又止，还有不想说出的事，只好隐藏在心里。

"可怜虫!"蓝力士叹息着,他注视着那张秀丽却带惊惶的脸庞,眉毛秀长而棕色眼眸晶亮,黝黑的如云秀发披在肩上,显示出拉丁民族特有的气质,她白皙的大腿那样富有弹性与魅力,散发着性感,整个人就像一朵盛放的花朵,难怪使男人看了养眼。

女人像受惊的小鸟一般依偎在他身边,对蓝力士的注视倒也处之泰然。自动驾驶的车子疾驶在繁华的街道,四处的灯光犹如白昼,他更可以看清她娇好的面孔。她匀称的双唇看起来那样香醇醉人,微微上翘的上唇带着一股傲气。

"你们是优越的!"她说,"现在你们是世界的盟主,大家都指望着你们伸出援手,只有你们才是世界的天之骄子!"她脸上绽开了甜甜的笑。

"我们只是尽力而为!"

无线电收音机正在播放一段新闻:"在河滨街的黑暗角落里发现四个醉汉衣衫不整地躺在地上呼呼大睡。目击者说,他们挟持一名女子,欲施不轨,却被一名高大男人制服,该女子被救走。警方已经带走这四个人进行审讯。据初步判断,这四个男人可能是偷渡者,将面临驱逐出境的命运。歌丽美雅国境需要完全的洁净,保持良好的治安、完美的环境,使生活在这里的每一个人都感觉到像住在天堂里一般。警方也希望这位受暴徒袭击的女子能够出面指证。"

"你应该出面吧!"蓝力士问她。

她脸上的愉快表情消失了,取而代之的是惶恐与不安,她瑟缩着，把脸别过去，望着街道的另一边。

"不行！"她的声音哽咽，"我不能出面，我有困难。对于歌丽美雅来说，他们只是人渣而已，人渣必须清除掉。"

"对你们国家来说，他们做得也太过分了，应该要受惩罚的！"蓝力士不以为然。

"他们只是喝醉了酒而已！他们只是走投无路，迫不得已！"她哭了。

"你叫什么名字？"

她沉默不语，车子已经到了星云大厦门口，停住了。

"跟着我走吧！"蓝力士说，"要不然你会很尴尬。"

"好的。"在这种情况之下，她是无可选择了。一个单身女子，下半身只剩下单薄的三角裤，上身披着男人的上衣，总会令人起疑。她怯怯地问："你是在哪里做事的？"

蓝力士没有马上回答她的话，飞快地拉着她走向电梯，来往的行人对着他俩投以好奇的目光。

"我在援外司做事。"蓝力士说，"我就要被派往菲里斯去担任驻菲里斯的代表团团长。"

女人惊奇又兴奋地叫了一声，显得很意外："那你一定很有办法了！我真是遇到了救星。"

大厅里五部电梯并排着，他们冲进其中的一部，女人靠墙角而立，蓝力士在她面前以背挡住别人的眼光。现在他和她面对面地相视，他更清楚地看见她娟秀的脸庞所蕴含的青春喜意，对于饱经沧桑的蓝力士，像突然回到少年时代与初恋女友在一起的时光。

蓝力士把一只食指竖在唇边，示意她在公共场所少说话，以免泄露秘密。

电梯到了第五十三层，她飞奔而出，边跑边说："你叫蓝力士，我想起来了，我在电视上看过你！下个礼拜就要到菲里斯去的。"

蓝力士不由得笑起来，觉得一丝骄傲与得意。

女人到了5319号房门口，将手掌放在门上的电眼前面，门就自动开了。在她简单的居室里面，首先引起他注意的是放置在书桌上的电子显示板照片。他随手拿起来，这是她的全家福照片，有她的父亲、母亲和她，一家有三口人，脸上的表情却是呆板、木讷的。

"三年前离开菲里斯照的。"她说，一边走进化妆间，开始换衣服。

浴室的冲水声隐约传来，蓝力士枯坐着，心底也引发一些奇想。他随手拿起放置在桌上的静电按摩器，按摩着自己的身体，那有韵律的震动疏解了他刚才因为打斗而产生的筋骨之痛。他按摩着粗大结实的臂膀，才发现臂膀上留下了一线刀伤，有血水流出来。他按动了电视墙的开关，转到新闻频道，正在播放有关河滨街的四个男人递解出境的情形。四个男人垂头丧气地从一辆车子里跳出来，望望头顶上巨大的圆顶玻璃罩子，似乎还留恋着这一个美丽的温室。他们口里不断地咒骂着一些脏话，有一个还露出后悔的神色叫着："香茉莉，香茉莉，我们向你说再见！"

香茉莉大概就是她的名字吧！他想，于是也大声喊着："香茉莉，香茉莉，有人叫你！"

"谁呢？"里面传出了声音，显得很惊讶。

"电视里面。"蓝力士大声朝着浴室里面嚷着，"有几个人在叫你！"

香茉莉在里面应了应声，她说她在里面也能打开电视看。

电视墙上的情景显示四个男人在警察的押送下，打开大气罩的巨门，在另外一个出境准备室里，他们各自缴验了身上所有携带的东西，他们的臂膀被一只电子枪做上了记号："永远不得入境歌丽美雅"。一架小型的空中飞车停在门口，四个人进入里面，被带走了。

电视画面再度介绍了大气罩外面荒凉恐怖的世界，记者正在播报："从 2095 年以来，歌丽美雅为确保自身的安全，不能不对整个环境质量做一番特别的管制，我们使用圆顶大气罩，隔绝所有的空气污染。我们不会忘记发生在 21 世纪末叶那次生态大灾难使地球人口减少了三分之二，恢复到 100 多年前的人口情况。"画面接着跳转到当年——2095 年的全球性生态大灾难的情景。由于空气不适合，各处的植物纷纷死亡枯萎，殃及动物及人类。那些科技落后的国家来不及制作圆顶大气罩，人口死亡不可计数。电视画面显示那些枯枝败叶被风吹袭着，阴雨黯光，迷迷蒙蒙地扫过那些早已无声的尸首与白骨。在一个大城市里，人们在惊惶中呐喊、痉挛，横七竖八地躺倒在路边，车辆失去控制，冲向楼房，起火燃烧，飞机从空中坠毁，轮船成了鬼船，载着已死的乘客，无目的地在茫茫大海中漂泊，只有少数幸存者戴着防毒面具在工作，建造巨大的圆顶罩。

蓝力士看得入了神，电视上的一切都离他所能记忆的生活年代太过遥远。唯一还有挂念的是，来自 C 国的父亲在浩劫后失踪，他从自己懂事以来就生活在大气罩里面，已习以为常，和母亲、妹妹挣扎地过了一段相依为命的日子。大气罩可以保持一年四季温度恒定，不像外面的世界有风雨阴晴之别，这种人工的保护代表了人定胜天的信念。

电视画面回复到四个被驱逐出境的人犯，在反引力飞机起飞之前，四个人各拿出一块白布，对着镜头展示上面的文字。写着巨大的红色阿拉伯数字"915"的那块白布，被拽出来，随风飘去。

电视记者对于这个怪异的举动批评道："这大概是菲里斯人的幽默，是他们的什么任务代号吧！"反引力飞机逐渐升空，渐去渐远，终于消失不见。电视画面最后扫描了大气罩外的荒凉景象，那是一片酷热无比的沙漠，终年不长一草一木，自从上次生态大灾难以后，就是这个样子。

"我们应该感谢我们的祖先，赐给我们这块美好的地方，使我们能在死亡之地存活下来，全然没有感觉到外面世界的冷酷无情。"电视记者接着说。递解人犯的新闻就算告一段落。

蓝力士的目光游移在她房间的摆设。在电视墙对面挂着一幅画，各种纷杂的油彩以迷茫神秘的色调表现一种难以理解的情景，像是在描绘人类心灵深处的感觉，又像是表达过去世界的阴暗景象。蓝力士走近去，在画上看到了签名，竟是"915"，让他从心底里涌起了一阵寒意。

"怎么会！怎么会这样？"他喃喃自语。

"什么事啊？"身后传来一声娇媚的问话。蓝力士回过头来，看见香茉莉以浴巾包裹着诱人的胴体，站在他面前。

"你……你刚才看了电视吧！"

"看过了。"香茉莉说，"他们走了，终于走了！"

蓝力士知道香茉莉还没有会过意来，于是他用手指着画布上的白色油漆签名印记，问她："这是什么意思？'915'有什么意思？"

"我也不是很清楚，"香茉莉显得很忧伤，也许她正在为四个被驱逐出境的同胞而难过。"这幅画是他们送我的，这是他们四个人共同作的画。"

"为什么他们要写上'915'呢？它有什么特别的意义吗？"蓝力士问，目光在她的眉宇间搜索。他嗅到她身上的体香，那是香皂味从她柔细的肌肤所散发出来的，混合着女人特有的味道，使他有点迷惑。

香茉莉垂下了睫毛，脸色凝重，似乎不愿多谈，她说："有的事情我也知道得不多，我只能告诉你，我认识他们的时候，他们四个人就是那副德行，却是艺术天才，充满了热情，我哥哥与他们很好。'915'，据他们说，他们是九月十五日结拜为兄弟的。我的爸爸需要他们作证。"

蓝力士踱向视窗，在遥远的夜空之上闪闪烁烁的星光竟是那样的微弱而稀少。摩天大楼遮住了大片天空，晶亮的星点只是偶尔从缺口处露出来的点缀，仿佛是这个圆顶城市的设计者一时疏忽所留下来的景观。他在回忆回国期间所发生的一连串的事，夏絮茵与费米利部长即将结婚，妹夫金恩遽逝，他奉令出使菲里斯国，以及今天晚上奇怪的遭遇，都使他犹如置身巨浪惊涛间，来不及喘息。

在蓝力士回过身来的时候，他看见香茉莉脱下了身上的衣裳。她急速的呼吸使他涌起一阵醉人的欲望，室内的灯光暗下去了，只剩下柔和的粉红色的朦胧之光。她的脸贴向他，情不自禁地，蓝力士将他的嘴唇迎上去，彼此的感觉逐渐在加强，终于他们躺卧在铺着地毯的地板上，相拥共赴一个醉人的梦……

第六章　奇怪的印记

　　长青城圆顶气罩的顶点正是胜利女神像擎着火炬照耀全市的地方。在夜晚，从神像的基座上面俯瞰四处，全市的繁华夜景尽收眼底。神像就坐落在全市最高的建筑屋顶上面。甚至从那儿可以看到散布四处的其他城市。

　　蓝美姬与史德卫坐在计算机控制的车里，远远就看见另一座圆顶城市——长青城的最高空燃亮着的胜利女神火炬。歌丽美雅整个国家就是由一座一座圆顶气罩大城组成的，大城与大城之间用透明管道维持交通。

　　史德卫指着胜利女神像的光芒说："那就是歌丽美雅的光荣！"

　　史德卫的左手握了握蓝美姬的手，使她感到好不自在，那是一只没有血肉的加了温的人造手臂，能活动自如，能按照自己的意思自由行动。蓝美姬却推开了他的手。

"我忘了，"史德卫圆圆胖胖的脸挤出一个苦笑，"我应该用右手握你，才不会使你感到别扭，我的右手才是真的。"史德卫再度伸过另一只手，在蓝美姬的右肘上抚摸了一下，以证明自己所言不虚，"怎么样？我还算个人吧？"

蓝美姬也开朗地笑了。这一刻，她感觉到自己并不像是个失落了什么的人，别人的关爱填满她的空虚，抚平她的不幸。也许是因为史德卫白天提起的人口局的工作引起她的兴奋与好奇，她以前对史德卫并没有什么特殊的好感，现在却大为不同。蓝美姬对史德卫那只真实血肉的手倒还不感到厌恶，当它停留在她臂上的时候，她感知身边存在的人是一个具有感情与血性的男人。她有点恍惚而难以自持。

自动驾驶的车子驶向长青城的中心区，接着转向胜利女神像的方向。他们在全市最高大楼门口停下来，下车以后搭电梯直上顶楼，那里正是神像的基座。他们再进入里面，爬上神像高举的火炬的巨大臂膀，从臂膀上的一个小窗户里可以俯瞰整个城市以及远近各处的其他圆顶城市。

"现在你可以稍稍轻松一下吧！"史德卫浑厚的声音在身边响起，"不要再想那些不幸的事了，想想将来。"

蓝美姬"嗯"了一声，目光望向首都之城，那是她所来的地方，也是她生长的所在，童年有记忆之时，她和哥哥蓝力士相亲相爱，被母亲教导要以仁慈待人，尊敬有学问的人，像他们在大灾难后失踪的父亲蓝克华一样，有守有为。胜利女神是仿自 A 国的自由神像所建造，A 国全境在战争及生态灾难中早已完全毁坏成为一片荒漠。歌丽美雅就是继承 A 国的光荣传统，要在地球上立足，整个国家的政策完全是在自保中求安定，有余力再援助他国。自己亡故的丈夫一直做的就是援外工作，现在她对自己的国家怀抱着的热情似乎减退了。

"每一个人都有美好的将来。"史德卫说，"元老院的计划非常有成效，正在进行一项梦幻未来的规划，将来我们每一个人都会生活在乐园天堂里。"

"天堂？"蓝美姬不禁笑了起来，"天堂应该没有死亡，为什么我的丈夫却死了？"

"不必怨叹，我们还有将来！"

"将来就不会有死亡吗？"

"有可能！"

"你在说神话！"蓝美姬回过头来，凝视了史德卫一眼。后面已经有别的游客在催促他们离开，正在按铃示意，他们在这里站立已超过五分钟。

史德卫圆胖的脸贴近她，她感觉到一种男性特有的气味逐渐在接近。史德卫的鼻息更近了，他厚实的嘴唇贴向她的额头，轻轻一吻，而后低语着："美姬，我还有机会吧？"

史德卫用双臂搂住她，搂得紧紧的，他的嘴唇翕动着，在美姬身边继续低语着："不要灰心，我们还是好好的，只要活着就有希望，就有快乐。"

两个人脸贴着脸，互相拥抱着，美姬的心田微微漾起了涟漪。她不敢想象在自己丈夫刚刚去世不久就投入另一个男人的怀抱。她觉得自己好醒龊，也许自己感情太过脆弱，禁不起风浪。就在犹豫不决之间，她发现墙壁上的一个角落里用发光的涂料写着"915"三个阿拉伯数字，使她想起白天在电视新闻上看到，四个被驱逐出境的男人在离境前所亮出的一块白布上所写的奇怪的数字，不由得一惊。

"那是什么？"蓝美姬推开史德卫，指着墙上的发光字迹。

"没什么！"史德卫说，"只是有人恶作剧罢了！"

"你看过电视新闻没有？四个菲里斯男人被驱逐出境了！"

"我知道。"史德卫说，"我看过。你说的事情跟这个有什么关系？"

"你没有注意到吗？'915'。那块白布上写着'915'实在令人迷惑，现在我们又看到同样的数字，到底它代表什么呢？"

史德卫似乎慢慢领悟出来了，他说："大概他们四个人以前到过这里，来这里玩过，故意留下来的记号。"

已经有人第二次按铃，催促他们快离开，于是他们匆忙走了出去。

他们在神像周围的视窗四下瞭望，发现大气罩外面已经下起了雪，暴风狂怒地侵袭罩子外面的荒漠世界，墙壁间的电视新闻正在播报："城外的世界正在刮大风雪，所有保护大气罩的人员应该随时待命，以应付突发的紧急事件。自从上次生态灾难以后，现在已经是第二十次下雪了。我们国家的元老院已经在尽最大的努力，计划援助世界上其他落后地区的人民，建造他们自己的大气罩，以便使他们有舒适的生活环境，不再受气候变化的干扰。"

在回家的旅途中，蓝美姬把头侧靠在史德卫的肩膀上，她感到一丝幸福的爱意。无意中，她的手碰触到史德卫的人造手臂，她握了握他的手，他回过脸端详着她，轻柔地对她说："我们会有好日子的，美姬，不必担心。"

"你是说我们的国家？"美姬的蓝眼睛眨了眨，故作不知所措状，把话题岔开。

史德卫显得有点急促，他支吾了一下，继续说："我们总算站起来了，摆在歌丽美雅前面还有一段艰苦的路要走。"

"歌丽美雅，歌丽美雅的子民享有美好的荣光。"蓝美姬背诵着国歌的第一句话，聊以解嘲，她的心中却抹不去死去丈夫的阴影。

这时车上的紧急通话信号响起，史德卫打开通话器说："我是史德卫！"

"史主任，我是高乐人，听说你到长青城去了，好不容易追踪到你！"通话器传来一个男人的声音。

"是高局长吗？"史德卫的嗓门一下子升高了起来，兴奋不已，"有什么吩咐吗？"

"怎么敢？我只是告诉你一件事，你托我的事已经有了着落，人口局很快要扩充编制。元老院刚刚开了一个临时会议，做了一个决议。"

"那太好了，太好了！"史德卫望着美姬说。

"电视新闻马上就要播报出来了，因为事关国家机密，元老院的会议并不公开举行，所以电视新闻只播报结论，会议的过程不公开，我提前通知你。"

"真该感谢你！改天好好聚一聚，庆祝一下。"史德卫扭开了电视机，等待着新闻播报。

蓝美姬的眼睛发亮，精神振作起来，她一面注视着透明管道外面的暴风暴雪景象，一面沉思着自身的安危。这个国家确实建造在危难重重的环境里，万一圆顶大气罩出了毛病，所有的人民生活就将立刻被改变。相反的，在歌丽美雅国境之外，有几亿人生活在同一个地球环境之下，却是在饥饿、酷寒或酷热、贫穷、疾病之中煎熬，苟延残喘，没有大气罩的保护，他们唯一盼望的就是救世主的再临。神是他们不可缺少的精神支柱，是活下去的唯一盼望，即使受苦也是应该的。

"人口局有了消息！"史德卫那只人造手臂抚摸着她的手，"你可以到那边去工作了。"

史德卫的声音在耳边响着，蓝美姬刚才的兴奋一下子却消失了。她又开始多愁善感，仿佛东西没有到手之前总会有所期待，一旦到了手却另有一番想法。

"嗯，"蓝美姬显得有点漠然，"谢谢你为我这么尽力！"

史德卫从口袋里掏出一粒药丸，放入茶杯里，按动饮水器，注入水，端给她喝。

"给你一个快乐丸吧！你也许会好些！"

"不，我不想喝！"美姬拒绝了史德卫的好意，"我会调理自己的心境，也许只是最近心情不好，不必替我担心。"

"我是关心你呀！"史德卫自己倒是有点苦恼纳闷。

"我知道。"美姬说，"谢谢你的帮忙，我会好好报答你的。"

史德卫一只手端着茶杯，不知如何是好，他再三求她，她还是不肯喝。

"我已经把药溶解了呀！"史德卫有些恼火了，"我关心你，当然希望你好，我要你快乐！"

"我知道！但是，我不要被强迫快乐！"

"你知道什么？你只知道忧虑这个忧虑那个，却没有为我考虑过。"

"为你考虑什么？"

"我不希望你老是那样忽冷忽热，我要你保持快乐。"

"快乐？我现在不是很快乐吗？你的人造手臂抚摸我，我都没有拒绝你……"

"去你的！"史德卫气呼呼的，不知如何是好，又不敢痛痛快快地骂一顿，"你这个女人真是的！"

"快乐，我不要别别扭扭的快乐！"

"不是的，不是的！"史德卫忽然找到了辩驳的理由，"我讲错了，我只是要你不要那样不快乐，要你好过些。"

"是啊！我也希望你好过些。"美姬存心与他顶嘴，用不讲理的语气气他，看他怎样，"你的人造手臂实在使我不舒服。"

"好！"史德卫没奈何地喝了一声。他张起大嘴，把那杯掺药的水一饮而尽。

"对的！这样就对了！该你自己试试看，让我看看这个药有多神奇。"蓝美姬笑了。

史德卫原本要气炸了，却忍不住被美姬逗得扑哧一笑。

"原来你的用意就是这样！"

"对的，看你吃快乐丸，我才快乐！"美姬撒娇地说。

史德卫搂起蓝美姬，在她的唇边轻吻了一下，故意去挑逗她，看看她的反应。美姬的心境平复下来，刚才的一场小脾气自己也不知道是怎样发作起来的，现在她倒开始为即将变换工作环境而感到兴奋了，对于史德卫的人造手臂，也不加以抗拒。她甚至热情地迎上史德卫的嘴唇，与他深深一吻。她就这样陶醉着，犹如两脚踩在云里雾里。也不知过了多久，她猛然惊觉，她脑海里出现了死去的金恩的影子，开始感到一阵不自在。

"打开电视，看看新闻吧！"美姬说。

电视台在报道临时插播的新闻："据本台记者刚刚得到的消息，元老院为了解决我国的人口问题，已经决议执行经济发展部提出的一项'桃花源'方案，促使我国合理有效地运用现有的资源，保持我国人口的稳定结构，使得每一位国民都能享有幸福的未来，那是人类有史以来第一个伟大愿景的真实实现。同时，为了预防将来生态变化、地壳变动所可能发生的灾难，歌丽美雅将要加紧建设一个美丽温馨的太空家园，目前我们的太空工业正在全力发展。这项‘桃花源’计划可能就在每一个国民的有生之年可以获得实现，我们都将蒙受福祉。

"有关这项‘桃花源’方案的详细规划内容，不会全部公开，但是元老院决定在完成某一项工作时于事后详细说明。

"元老院今天晚上八点钟召开的临时会议，同时还讨论了一件特别紧急的事，实际上这次会议也就是为了这件事而召开的——那就是菲里斯国发生内战的问题。菲里斯的长毛党以他们的优越体型，配合巴比尼（另一个国家）供应的火器，在几个小时之内占据了菲里斯的第二大城马德梭，马德梭全城有25万人被屠杀。

"元老院同时通过一项紧急声明，谴责巴比尼助纣为虐，不应该支持此项叛乱，扰乱地球上现存可供居住的第三区的均衡势力。如果巴比尼再插手菲里斯的内政，歌丽美雅将根据同盟条约制裁巴比尼的军事支援行动。"

电视新闻结束，蓝美姬愣了半响，她真的没有想到，在世界的另一端又发生了恐怖事件。生活在歌丽美雅是幸福的，没法想象外界的残酷与不幸。蓝美姬从小就没有出过国门一步，大部分对于国外的了解都是从电视报道及书籍上得来的。此刻她心情忐忑，在与身边的史德卫相处了一个晚上之后，既感到兴奋又感到羞涩，真不知道自己为何会在丈夫死了不久就放浪起来。

她碧蓝发亮的眼睛瞥了史德卫一眼，这个已经99岁的人，全身内脏大部分换上了人工制造的，肌肤却还光滑而富有弹性，从外表上看不出他里面的玄机，倘使不是与他相熟，她也无从知道他的情况。出门前服用过快乐丸，现在史德卫又带给她好消息，使她感到无比的喜悦，她总感到心湖里投下的石头正在滚动。她不能克制自己对史德卫的好感。而史德卫回过头来看她的时候，眼中闪烁的光芒竟是那样暧昧而难解。

透明的管道连接着每一个圆顶城市，他们的电动车奔驰向首都太阳城。

自动驾驶的设备使得史德卫有空闲用他有血肉的手在蓝美姬的脸颊上抚摸着，她不知该拒绝他还是迎合他，她只是木然而坐。

她的目光投向透明管道，只见闪亮发光的壁板上照映着流线型的车身。玻璃板外的一切是另一个丑恶而可怕的不毛之地，此刻都被那层反光完全遮掩住了。她有点沉不住气地推开史德卫的手，史德卫却仍自在地把手伸过来搂住她的腰，并在她的耳边说了几句悄悄话。

"蓝美姬，你是我的好宝贝。"

她有些迷糊而茫然，心旌摇曳，任由史德卫的手，不管是加过温的机器臂也好，血肉的也好，就让它停留在自己身体的每一寸肌肤。她感到周身血液在激荡中勃发烈性的热浪，整个人也要飘浮腾舞起来。美妙的感觉让她难以自制，她混乱的脑海中浮现出死去丈夫的那张棱角分明而富有个性的脸庞。从认识金恩的第一天开始，她便被他的男子气概以及待人处事的风度深深地吸引。而此刻，金恩气宇轩昂的脸、那闪烁着坚定智慧的目光，竟在朦胧恍惚中摇曳照射。她的心灵深深地受到了触动。

通往太阳城的管道一下子变得开阔起来，这里是许多不同管道的会合处。在进入市区之前，为了容纳更多的来往车辆通行，这条巨大的通路就汇聚了各方的车辆，所有的车子都是向着同一个方向行驶的，看起来整齐有序。路上灯火通明，蓝美姬可以看见其他车辆中的驾驶员和乘客，他们都在愉快地交谈或者一边看电视。

"放规矩点，"她说，"我们已经到市区了。"话才说完，她瞥见另一辆车里面有人向她挥手，她定睛一看，是夏絮茵——她先夫的同事。夏絮茵身边坐着她所熟悉的经济发展部部长费米利，蓝美姬不由得感到忐忑不安。

"嗨!"隔着几米远，她在车内喊着，"你们也出来兜风吗?"

夏絮茵猛点着头，她用手肘勾住了费米利的脖子，做亲热状，好像在向蓝美姬示威。蓝美姬可不愿以同样的热情回报她，倒是史德卫用他的人造手臂勾住蓝美姬的脖子，向旁边的车子做出得意、潇洒的姿态。

"费部长、夏小姐，你们什么时候结婚呢?"

缩在夏絮茵身后的费米利露出了脸，两撇胡子微微上翘，那是他的标志。平时不苟言笑的他，此刻也不得不礼貌性地打招呼，向他们挥手致意："好说呀！"费米利叫着，"先看你的吧！"

蓝美姬不由得感到脸和脖子在发热。她伸手扳开了勾住她的那只人造手臂。她真的对史德卫的过分热情感到难以应付。哪怕到了家门口，史德卫还坚持要送她上楼去，但每次她都拒绝了。

她无法知道，他身上到底残存了百分之几的血肉，史德卫是将近百岁的人，能够留下多少天然的东西呢？在科技发达的歌丽美雅，可以神乎其技地制造出人工的眼、心脏、血管、神经、肺、胆汁分泌腺、输尿管，以及人工的血液、睾丸、膀胱……各种人体器官应有尽有。史德卫是国家的高级要员，享有某种程度的优渥待遇，以他的成就和职位，能够受到较普通人更周全的照顾，这是毫无疑问的。

蓝美姬回到家里时，婆婆已经睡了一觉，她起床好奇地询问她："干吗这么晚才回来？"

"有点事，我到长青城去了。"她低下头，不敢正视婆婆的脸。

"有人打电话来找你，3D影像上面的脸用黑帽压着，看不见。"

"谁呀？"她有点诧异。

"是个男的。"

"是蓝力士吗？"

"不知道。你要不要听听录音。好吓人哟！"

蓝美姬匆忙地打开放映机，起先是一个重浊而诡异的男人嗓音："蓝美姬小姐，你会感到惊奇的，你们家的小猫就是我们搞的鬼，送它上阴沟里躲一躲是绝对有必要的。不过，你们总算救了它一命。"

"是谁呢？无聊透顶了！"蓝美姬说。

"还有呢！"婆婆的鱼尾纹皱起来，满脸现着困惑与忧戚，"你往下听看看！"

放映机继续开动了。那声音竟然熟悉得让她失声惊叫："美姬，美姬，我就会回来的！你等着我好了！"是死去的丈夫金恩的声音。打电话的男人在影像上只露出下巴，脸部的其他部位用帽子压低遮盖着。

"怎么会？怎么会？"美姬慌乱无主地喊着，注视着影像上那个压低着黑帽子的男人的脸，心魂儿一下子都要飞走了。

"别怕，美姬！大概是有人恶作剧吧！"

"恶作剧？也有可能。"蓝美姬松了一口气。此刻她唯一想到的便是，也许打电话的人录了平常金恩的讲话声音，故意接在电话上吓吓她。然而他这样做的用意何在呢？又有什么企图呢？

蓝美姬关掉了放映机，探首窗外，太阳城在夜里灯光通明，街道上每一个小角落儿乎都在电眼的严密监视下，各处都做了最佳的防范，即使是灯光照不到的所在也都应该是平静安宁，不可能有凶暴的事件发生。为什么偏偏就在这时候会有这个恼人的意外发生？她走向儿童房探视小珠儿，小珠儿沉睡中甜蜜泛红的脸蛋显得那样可爱。她不禁俯身亲吻了一下小珠儿的脸颊，心底里却记挂着刚才那个阴森森的3D影像电话。

"要不要报警呢?"婆婆在身后问她。

蓝美姬点点头，两颗豆大的泪珠从眼眶涌出。

太阳城的警局很快派人来调查，并且取走了光盘片。高个子瘦脸的警员说:"我们要拿回去研究研究，利用计算机分析一下再说。要是还有进一步的消息，请随时与我们联络。"

夜里很静，蓝美姬脑海中的波澜却汹涌澎湃。史德卫充满渴慕的眼神，他的人造手臂所透露的热情，死去的丈夫金恩从影像电话录像机中传来的召唤，那个神秘男子的骚扰，还有蓝力士在公园里所告诉她的含有暗示性的话语:"若是你觉得不对劲的话，可以随时通知我，必要的时候你也可以到菲里斯来找我。"……一幕幕画面在蓝美姬脑海中反复出现。

朦胧恍惚间，她梦见自己翻山过海，在大气保护罩的外面尽情地奔跑跳跃，那些炙热烫人的沙漠地带残存着核子战争所遗留下来的变种生物，尤以蟑螂和其他昆虫为多。因为它们对于放射线有高度的抵抗力，能够在落尘地区大量繁殖。有些畸形而变种的人痛苦地在那些文明早已消亡的城市中生活着，与疫疬为伍。她的灵魂飞快地飘过可怕的所在，落向一处和煦温暖，满布着绿色生机的草原。她气喘吁吁地飞奔跑跳，看见不远处是自己的父亲、母亲，还有哥哥蓝力士，正在那儿向她招手。

"蓝美姬，"父亲白发依旧，两须的发丝垂下来盖住了半个耳朵，就像古时候的修行者那样庄严和穆，"宝贝女儿，你忘了爸爸告诉你的话？养心莫善于寡欲。"

"爸爸，爸爸!"她叫着。

"蓝美姬，"爸爸说，"我来自传说中光明的东方，相信东方所传的道，我把它传给你，也传给你的哥哥蓝力士。"

"我知道，爸爸。"她望着爸爸。那是一张充满智慧的脸庞，洋溢着东方的睿智与敦厚，富有光泽的皮肤，闪亮着过往岁月的累积心灵温热。

母亲的金发、碧眼与白皮肤在阳光下更显出了她的艳丽，她紧紧靠着父亲，斜着脸喊她："蓝美姬，你累了吗？过来吧！我们等你!"

"你们上哪儿去呢？"

母亲微笑着，她的笑靥有如一朵盛放的花，她依偎在父亲的肩膀，很满足的样子。她指着蓝力士说："蓝力士带你走，带你到有水源、有青草、有清新空气的地方去。你的哥哥会照顾你!"

蓝美姬意识到自己的父母亲早已物化了，他们是在一场生态大剧变的浩劫中双双死亡的，现在父母亲出现在这里，不由得让她怀疑它的真实性。

绿色的地平线上，父亲和母亲幸福地牵着手，轻快地哼着歌曲走远了，只留下两点微细的小影子。

蓝力士背对着阳光，双手叉腰，注视着蓝美姬，富于力量和美的强壮的身体轮廓仿佛就是一株坚实不倒的树。

　　蓝力士朝她伸出了手。她的身躯移上前去，却突然忆起自己的小珠儿，还有自己的丈夫金恩。她回头看着身后的小珠儿，正在手推车里喊着"妈妈，妈妈!"眼泪成串而下。金恩远远地奔跑过来，张开双手，走向她。蓦然，她看到金恩的一张腐烂而长满脓疮的脸，她惊叫失声："我的天呀! 金恩，你怎么啦!"

　　她从迷离中睁开眼睛，有一个模糊的人影就站在她前面，所有梦里的恐怖犹有余悸，暗沉沉的影像仍在恍惚飘动。她的意识还没有十分清醒，眼见床前的人影，不由得使她更加惊骇，她用被子蒙住头，怪叫起来。

　　"金恩夫人，金恩夫人!"那声音在说话，"别怕，我是百事帮! 我是你的机器人!"

　　一听是那熟悉的百事帮，她又把被子掀开来，两眼直直地望着家用机器人，依稀还看见梦中丈夫那张满布脓包的丑脸，只是意识已渐清醒，不再惧怕，她一下子坐起来。

　　"金恩夫人，有什么事吗?"百事帮说，"我看你是做了噩梦，赶紧过来叫醒你!"

　　"百事帮……你真好!"蓝美姬拍拍百事帮的肩膀。

　　"金恩夫人，"百事帮又说，"小喵喵病了，它躲在抽屉里面，不肯出来，好久没吃东西了，也没什么声息，真怕它有个三长两短。"

　　蓝美姬走到隔壁房间，看见那只白色的小家伙软趴趴地瘫在一个半开的抽屉里，好像睡了或死了。她一时没法确定，就伸手摸摸它，还有体温。正如百事帮机器人所说的，小喵喵大概是病了。然后，她又想起晚上临睡前所听到的那个3D影像电话，好像曾经提到过猫儿，说是他们搞的鬼，送它上阴沟里去躲一躲等等的话。如今小喵喵生病了，莫非她在阴沟里染上什么毛病不成？

已经是深夜两点钟了，她也没有办法多多照顾小喵喵，她轻轻地抚摸着它柔软的身体，告诉它说："乖乖地睡吧！明天带你上医院去。"

第七章 恶作剧？

早晨的阳光悄悄爬上圆顶大气罩的顶尖上空，在太阳城大都会的天际抹上一层红晕。好像是在宣告这个城市的活动齿轮已经开始运作，为它贴上了醒目的标记。

蓝力士回到他的寓所，首先打开 3D 影像电话记录。费米利部长打来电话发了一顿火："蓝力士，你出了门也不晓得开启耳机通话器吗？让我们找不到你！"他那两撇微微上翘的胡子挂在唇上，顽皮地震动，一双凌厉的目光仿佛要照透他的心。他继续说："你到底到什么地方去了？你不能到处晃荡，快找个合适的女人结婚吧！"然后，费米利扑哧一笑，一改刚才庄重严肃的官腔，胡子边的丰满双颊鼓得高高的，堆满了笑容，"蓝力士，你好好干吧！刚才只是开玩笑提醒你，你还是有你自己私生活的自由，我只想问你，你可不可以参加了我和夏絮茵的婚礼再走？"时间记录仪上显示着来电的时间是昨晚十时零五分。

其他还有几个朋友来过电话，都是平常事，倒是妹妹蓝美姬在深夜一点二十分打来的电话令他感到不安。

"哥，我真有点沉不住气了，家里的猫儿病得厉害，要不要明天九点半钟，我们在动物医疗中心见面，我会带着小喵喵去看病。"妹妹脸上露出几分惊恐，头发也散乱地披盖在一边。她继续说："我接到奇怪的电话，有人恶作剧，竟然录下了金恩生前的声音来吓我。不过，我已经报警了，相信这不是什么大不了的事。"

蓝力士洗了一个澡，早晨八点半钟打了一个电话给蓝美姬。三言两语约好见面的时间地点，他又躺下养养神。脑子里面想平息一下，却有许多杂乱的画面纷至沓来。昨晚与香茉莉的一夜温存意犹未尽。香茉莉那股柔弱而又聪慧的气质好似散发着清香的花朵，他有种说不出的喜爱。在异国漂泊的岁月里，他也认识过别的女孩，但他总是心不在焉，没有用心去与她们交往。更何况，在歌丽美雅国内还有一位他曾经钟情过的夏絮茵，她的身段和她的外貌、教养、知识水平，实在令他崇拜折服。不幸的是，人总是不能与他所爱的人长久在一起，即使长久在一起，也没有绝对永远不变的。

九点半钟，当他抵达动物医疗中心时，蓝美姬早已经到了。看来妹妹是憔悴了，好像正为了什么事而心烦。

"小喵喵呢？"蓝力士问。

"已经在里面检查治疗了。"蓝美姬说着拉起哥哥的手，指着长廊靠窗边没有人的长椅子，示意哥哥到那边坐坐。

蓝力士只是站在窗边，望向已经爬高的太阳，眯着眼，仿佛看到他在摩路卡逗留时见到的悲惨景象：人们守候在经过浩劫的大地原野，苦苦地盼望天降甘霖，对着火毒的太阳，人们恶声诅咒着，直到有一天乌云密布，雷电交加，山移地陷，人们又在凄惨悲绝的哭嚎中祷求上天的怜悯。苦难的生灵挣扎在没有圆顶气罩的保护下，唯一的依靠便是坚强的生命力和无惧死亡疫疬的信心。而蓝力士，只是在摩路卡王室所造的地下城躲着，观看着电视影像，并且与国王谈笑风生，喝着陈年老酒。

那个印象太深了，当他看见圆盘形的太阳光透过圆顶气罩射下来时，便不禁想起别的世界的苦难。

蓝美姬靠过来，简单叙述了昨晚所遭遇的情况，她的眼睑因为睡眠不足显得微肿而泛青，声音低沉而微弱。

"你昨天晚上也出去了吗？"

"是的。"蓝美姬低下了头，"不瞒你说，我跟史德卫出去了，到长青城去了一趟，爬上了胜利女神，并且……"

"你不是不大喜欢这个老家伙吗？他99岁了你知道吗？"蓝力士有点要发脾气了，声调也提高了。

"知道。我当然知道……"

"你知道他是百分之几的人吗？他身体大部分的器官都是人造的，所有歌丽美雅的高级官员都知道这回事，但我不确定他的睾丸是不是人造的，说不定他全身的内脏除了头脑以外都是人造的，他只是一个机器人而已！”

“老哥，你别啰唆了！”蓝美姬也不禁跺了跺脚，噘着嘴说：“我叫你来，不是叫你来管我的私生活，你不想想你自己是什么样子？”

“我怎么了？”

“夏絮茵就怀疑你换了人造睾丸，因为你风流，染了病。”

“我的天！胡诌！”蓝力士涨红了脸，恨恨地叫着。

“废话少说，说正经的吧！”

“美姬，你是我唯一的妹妹，你一定要相信我。”

“老哥，我没有不信的，所以今天早上请你来，把我的事情告诉你，看你有什么意见。也许你就要出国去了，我们再也没有机会见面，我想听听你的意见。爸爸在世的时候，不是也常常提起过，说你可以随时帮助我吗？”

“本来就是的，现在对于你的情形，我也感到很困惑。我还是劝你小心为上，要是真有人恶作剧也还罢了，问题是恶作剧的目的是什么？”

护士小姐走过来，拍拍蓝美姬的肩膀，告诉她小喵喵的毛病已经看过了，叫蓝美姬可以放心。那一身白色的装扮看来就像动物的天使。

“医生说需要住院再观察一阵子。”那位动物天使说。

“你是说小喵喵病得很重？”

“不错，可能感染了某种病毒。”

“那就住院吧！”蓝美姬说着，接过护士小姐递来的卡片，在那上面签了字，然后同蓝力士走向猫病房，在护士小姐的指示下，找到小喵喵。

"放在这儿，你应该很安心的。"护士小姐说，"我们会好好地照顾它。"

蓝美姬伸手抚摸着小喵喵柔软的毛，以充满怜爱的目光望着它，此刻它已沉睡，进入宁和安详的世界，眼睛睁都没睁一下。同一房间的其他猫儿各自趴卧着，在使用卫生隔间的小箱子里，有的在咪咪叫，为自身染患的疾病哀告呻吟，求取安慰。这些情形，使蓝力士不由得想起在另一个饥荒国度的人民。摩路卡的青河边上，常常有倒毙的饿殍，清除队一卡车一卡车地将他们拉走，工作人员都戴着防毒面具，抵挡那难以忍受的气味。青河边上的树枝都是光秃秃的，寸草不生，偶尔有狡黠而繁殖过剩的老鼠从地洞里爬出来，啃着腐烂的尸体。有些急于解决饥饿问题的人们，也到这儿来与老鼠争食死人的尸体，或是捕猎活生生的老鼠以便果腹。一个养了猫的妇人带着猫儿到这里来，当它窜出去之后，便立刻被别的饥饿者以石头击毙，并且抢走了那只猫儿的尸体。掠夺者以饥饿可怜的眼神望着那个妇人，仿佛在威胁她。蓝力士与摩路卡当局的粮食局长在车内观看着这一幕情景，其实这也是司空见惯的。

第八章 "我不想长期流放在外"

坟场就在太阳城圆顶罩子的尽头，在有阳光的日子里，这里的风景显得特别清丽，反光的石板与绿草如茵的地面看起来就像通往另一个世界的门户所在。而在玻璃罩子外面却是一片荒凉可悲的景象。

蓝美姬把车子停下来，就在坟场管理员递给她一束鲜花的时候，她发现管理员的嘴唇翕动了一下，欲言又止。

"怎么？"她问。

"啊！"管理员的目光扫视了车内的另一个男人，"没什么！我只……只是感到金恩司长实在去得太早了。"看来管理员对蓝美姬是有印象的。

蓝力士推开车门走出去，迎着阳光，眯着眼睛扫视着排列整齐的墓碑。它们都以默默无言的态度安静地守立在坟墓旁边，等待着亲友的探视。

蓝美姬走到金恩的墓碑前面，放下鲜花，愣愣地站着。蓝力士扶着她，唯恐她因为情绪激动而支持不住。生死之间的隔离是很少的，蓝力士的目光偶尔投向其他的墓碑，瞥见吊丧者在低头饮泣。圆顶罩子外面是一片黄沙滚滚的不毛之地，地面被风吹卷起一层薄薄的云雾在旋转升腾，仿佛有啸吟之声在那儿游移，只是隔着密闭的罩子无法传进来。

"到这边静一静吧！"蓝力士说，"整理一下你的思绪，别太紧张。"

"当然，老哥，我都听你的。"

蓝力士拉着妹妹的手走向玻璃罩子的尽头，那儿设置着高大的栏杆和警戒系统，以防止被破坏。兄妹俩就站在栏杆旁边，注视着外面无比荒凉的世界。蓝力士的心湖里也涌起了阵阵的凄凉。"妹妹交给你了。"父亲临终的遗言是那样真切的叮咛，使得蓝力士对自己妹妹的处境不得不随时关注。如今，妹妹碰上了这么多困惑的事，做哥哥的在了解情况之后只能尽量宽慰她。

"事情发生得不太寻常！"蓝美姬的脸在阳光下显得苍白而憔悴，"我不知道该怎么办才好？"

"无聊的人干的无聊的事，你何必在意呢？我到安全部门找一个朋友，叫他特别留意你的事便是。"

他们正在说话的当儿，发现脚边坟场地板上的大理石块有一处松动了，草地上的石板竟然从地面上微微翘起，石板一下子便被移开了，里面露出一个大洞，同时探出一个脑袋。

"啊!"蓝美姬本能地惊叫起来。

洞穴里的人一下子又把脑袋缩了回去,石板又重新移回原位。但在那人缩头回去之前,蓝力士已经看到一张满布油污的脸和两只怯生生的眼睛,犹如地鼠见了人般想躲逃。

"别怕,美姬!"蓝力士叫着,"只是偷渡者罢了!他们挖地道,想要混进来。"

蓝力士拿出口袋里的小型无线电通话器,按下一个按键,向保防局报告:"这里是国家公墓!保防局,请回答!"

"是的。保防局,你是谁?有什么事吗?"

"我是蓝力士,援外司的特派员,我们在公墓靠玻璃墙的尽头发现了一个地道,有人想混进来,请你们快来处理。"

"好的,我们马上就来。"

几分钟后,保防局的车子火速赶到,跳下来几个全副武装的警卫,朝坟场里冲进来。蓝力士向他们招手,警卫过来后就掀开石板,朝地道里面跳下去。而后,揪出来几个来不及逃走的黑脸家伙。他们可怜兮兮地站在那里颤抖着,目光低垂。按照他们正常的命运,就是被遣送回国,没有第二条路走。歌丽美雅的富庶繁荣,使得境外国家的人民羡慕无比,都希望能生活在这美好的环境中,受到妥善的照顾,然而,一条船所能负载的重量到底有它的极限,歌丽美雅必须做好保卫自己的工作,才有余力去援助别的国家。

蓝美姬开车送哥哥回到经济发展部的大楼时已是上午十点半钟。车上电视报道的正是刚才在墓地抓到几个偷渡者的新闻。电视记者特别访问了保防部的部长罗北汉，他说："所有圆顶气罩外面的防护设备，包括空防及地面防护系统，今后将更加严密进行管制，杜绝类似事件再次发生。"

蓝力士的表情凝重，他在关上车门之前说了一句："可怜虫！"

"你说谁呢？"蓝美姬愣了一下。

"那些偷渡的人。"

蓝力士晃动着宽阔的肩膀走进大楼里，这时正是经济发展部上班的时间，许多匆忙的男女提着公文包涌进大楼的入口。在蓝力士的身边，有一个打扮妖娆入时的女人以充满妩媚的眼神挑逗性地对他微笑。

"早啊！你好！"女人说。

"早！"他瞟了她一眼。那张脸似曾相识，可一时叫不出她的名字。

女人回过头来瞥了一眼刚刚发动汽车离开的那个车里的人影，对蓝力士说："又交上新朋友了吗？"

蓝力士摇摇头，他松了松自己的领结，并且使自己尽量看起来显出一副满不在乎的样子。他有意无意地瞟了一眼她胸前的名牌，那上面写的是夏绿茵，那是夏絮茵的姐姐。他与她有一面之缘，她在农药司工作，是一个先后结过五次婚的成熟女人。他想起来了。

"她是我妹妹。"蓝力士回过头来，望了一眼那辆轻便型的太阳能轿车，敞篷的车身里坐着自己的妹妹，它正安稳地驶向林荫大道。在绿色的光辉里，街道上显示出一片升平和乐的气象。

"啊，对不起，错怪你了！"夏绿茵说，做作地咳嗽了一声，嘴角挂起了另一种看似暧昧的微笑。

他们已经走到第五号电梯门口，夏绿茵在蓝力士揿了电梯的按钮以后，以她堆满油脂、化着浓妆的脸对着他，继续说："我现在一个人住。有没有兴趣来尝尝我做的菜，不是机器人做的'标准化'的菜，怎么样？"

电梯门开了，两人走进去，蓝力士对着夏绿茵，面孔涨得通红，他的目光游移在那张桃红的粉脸上说："你长得不像你妹妹。"他有意避开她的话。

"我们对你的敬佩是一样的。"夏绿茵说话时目光泛起了一层水波。在她的眼中，蓝力士正是她所要猎取的物件，她也知道蓝力士对自己的妹妹夏絮茵已经绝望，她必须把握住蓝力士在国内的有限时间，设法抓住他的心。

"你真会说话！"蓝力士的眼睛注视着跳动的电梯层数，那副正正经经的样子让夏绿茵凛然生畏。

"你说呢？你还没回答我的问题？"她的面颊靠近了他，让自己的特异香水味散发出去迷惑住他。

蓝力士回过脸来，瞟了她一眼，只是傻傻地笑着，这时电梯已到了第三十三层援外司的办公所在地，蓝力士说了一声："我再看看吧！"然后，他大踏步走出去。

夏绿茵望着那高大宽阔的身影，那象征着雄壮坚强的背影，有点黯然。在她所经过的五次婚姻中，没有一个丈夫有这么魁梧的身材。她记得上次与那个 127 岁的元老结婚时，那个家伙季安国自称有 176 厘米的身高，背脊却佝偻得不像话，体力也不行，用的是人造的心脏和肺脏。结果，就在结婚后的第十七天被送进医院去大整修，在季安国恢复健康以后才一个月，两人便宣告离婚。"我会想你的！"季安国在签署离婚协议书时深情地望着她，那下垂得厉害的眼睑眯成了一条缝，好像还对她蛮有兴趣的样子，但是她早已对他凉了半截，倘不是看上他显赫的地位，身为国家元老院的元老之一，她才不会对那个"老机器"有好感呢。

夏绿茵在电梯内照着镜子，稍微梳理打扮一下仪容，对着镜子露出粲然一笑，下意识里对于自己四十之年犹似一枝花，自怜自爱起来。

电梯停在三十八层顶楼，当夏绿茵走出去时，迎面进来了农业司司长彭地夫。

"早，"彭司长说，"夏小姐，有一份报告在你桌上，请你赶快电传出去。"

夏绿茵礼貌性地说"好"，点点头，彭地夫似乎闻到那充满诱惑的香水味，神色一振，朝她挤挤眼，眼眸也流露出异样的光芒。这一切闪电似的细微变化都被夏绿茵察觉到了。她略带几分高傲与得意，迈向农业司的办公室。她的手掌在计算机扫描检查镜前停留了一下，自动门关了，大厅的时钟正指着十点二十九分，她早到了一分钟。

办公桌前的终端机屏幕显示出一大堆的图表与数字，那是歌丽美雅最新的农业动态，包括谷物、蔬菜、水果、牛、猪等的生长和饲养情况。夏绿茵按照指示，仔细核对元老院交下来的文件，谷物：白米十万吨，玉米十万吨，分别从第一、第二、第三、第四、第五农业区收成，即刻交船，送往菲里斯的两大港口：海之宫、地之角。配合任务指示编号RX3950，此项任务的执行者为援外部特派员蓝力士，将在当地签收。

"蓝力士，这个家伙。"一看到蓝力士的名字，夏绿茵眼睛一亮，樱桃小嘴也噘起来，暗暗低吟着，"呵，只要你还在国内，看到你那副目中无人的样子便让人发火。"不知道是为了什么她的心肝儿在跳。絮茵妹妹可不识货，攀上了经济发展部的部长，那个全身都还完好，却装了个人造肾脏的部长。蓝力士可是百分之百的肉体器官，身上任何一处都是原装货，不曾更换过人造的零件，只是他的地位还差了一点儿，但她觉得地位也不是那么重要。她的手指继续在终端机前面的触键上按动，并且核对报表上的每一个数字，将它传送到援外司去。

几分钟后，蓝力士的脸在另一个屏幕上与她打了一个照面。他装出一副冷峻的表情，迎接着她的笑脸。

"请你给我一份数据。"蓝力士说，"菲里斯国的粮食供应与人口的比例，在每一个不同城市、每一个阶段时间、每一层社会阶级和年龄等等的情况，做成不同的表格，让我了解得更详细一点。"

"好的，我从计算机里调资料给你。"夏绿茵按动了几个键。她感觉到对方从屏幕上投来的目光似乎正在注意她的仪容，她的额角微微冒出了汗，手指的运作有点不大自如。只几秒钟，资料便显示在屏幕上。她抬起头，迎着他的目光说："希望我能给你最满意的服务。"

"谢谢你。"

"怎么样？"她迟疑了一下，似乎在等待回复。

"什么？我等你查清楚，快传过来吧！"

夏绿茵瞄了一眼从计算机调出来的有关菲里斯国的粮食情况，出乎她意料之外，菲里斯是一个四级贫穷国家，比一般国际新闻上所说的"三级"还要糟糕。可怜的地方，蓝力士竟要到那儿去，一定会吃尽苦头。

"不妙！"夏绿茵说，"你自己看看吧！"

她抬眼看了看他。她忘不了自己刚才在电梯里向他表露的媚态，还有那含有特别意味的邀请，竟然没有得到蓝力士的热烈反应，不免火冒三丈。于是她故意拖延按钮传送的时间，装着正在忙碌整理别的文件。直到对方等得不耐烦，开腔问她，她才又慢条斯理地表示："倒霉，你自己看看，你要去的是倒霉的地方哩！"

"我知道，我知道。麻烦你将资料传过来吧！"

夏绿茵撩了撩头发，凝视着屏幕上那张俊挺的脸，不情愿地按动了一组键盘，将这边的资料传送过去。蓝力士说了声"谢谢"，便关掉了影像传讯机。

夏绿茵压住了隐藏得满满的不平情绪，开始低头工作。她记得上次见到蓝力士是在一次总理举行的建国五十年的外交使节招待会上，由她的妹妹夏絮茵介绍认识的。当时夏絮茵的手钩住他的臂膀，表现出亲切、甜蜜的样子，而夏绿茵的身边却站着她的第四任丈夫秦德怀，一个小她12岁的年轻小伙子。秦德怀似乎发现了她对蓝力士的异样眼光，因而说了一句幽默的话，匆匆拉着她走开。然而，就只这一面，那个具有东方色彩的魁梧男子的形象已深深印入她的脑海。她只能羡慕自己妹妹的好福气，私底下却涌起想再看他一次的念头。今天的遭遇本来是个好机会，她也大胆得可以，却没有想到让她扫了兴。

直到快到中午用餐休息时间，她竟然接到蓝力士的影像传讯电话，她兴奋地对着他展露欢颜。

"夏小姐，冒昧问你一个问题。我想请你帮个忙。"

"只要我帮得上。"

"你跟季安国元老还有没有联系？"

"你想找他吗？"

"我想跟他谈谈，他是援外计划的主要提议人，在元老院的声望也很高。"

"你为什么找上我，这不是为难我吗？"

"你曾经做过他的妻子，至少他会帮个忙吧！"

"这很难说。"夏绿茵开始觉得不对劲。没想到蓝力士找她，竟会要求她引见她的前任丈夫，"我不知道你想要我帮什么？"

"我需要调回国内来，我不想再出国了。季元老讲话是很有分量的。"

"好吧！过两天看看吧！"夏绿茵无可奈何地耸耸肩。

公园里面的演讲场，在下午三点钟已挤满了来听季安国元老发表高论的群众。这会儿正是许多机关团体的下班时间，公园成了人们最好的游憩场所之一。绿色的花草树木永远那样油光焕发、生气蓬勃，迎接着来自透明的圆顶罩洒下的阳光。所有的植物与人都在享受温室中的欢乐，满溢着馨香。

夏绿茵戴着浅咖啡色的眼镜，与蓝力士并排坐在最前面的位置。她已经有半年没有看到季安国，算起来季安国该度过127岁的生日了。他生了一场大病以后，精神却依然健旺（只是与她在一起时让她失望）。她常常看到他在电视上发表评论，对于政治、经济问题，好像很有他的一套见解。

季安国，一个佝偻得很厉害，如同随时在对人鞠躬的人，这时出现在台前，他的身边有太阳城的市长和议会议长陪同着。掌声从场地里面的每一个角落响起。

在市长和议长做了简短的介绍之后，季安国就在台上坐定，以炯然的目光扫视一下群众，而后开始透过胸前的无线电麦克风讲话："今天，我们所面临的危机来自地球人类本身。由于地球上的天然资源越来越少，并且因为上一代留下的世界性的生态大灾难，使得地球上每一个区域的情况悬殊，比20世纪的财富平衡情况还要糟糕不知多少倍。以目前世界粮食的生产来说，要养活全世界的人，实在是个大难题。歌丽美雅只有以进步的科技，大量制造各种人工食物，才能援助别的国家，同时为了保障我们国家的繁荣与安全，我们必须严密设防，禁止非法入境，禁止顽劣分子在境内活动。我们必须保持我们歌丽美雅在精神与物质方面的良好环境质量，不容许有任何的污染，为了竞选下一届的总理人选，我现在在这里，把我最宝贵的意见和看法说出来，让大家好了解将来我们要走的路。"

那个嗓音洪亮，滔滔不绝的演讲者站了起来，环顾众人，以他飞扬的神采和健旺的举止，很难让人相信他有127岁的年纪，只是背脊佝偻使人感到他撑不起他自己，降低了他说话的说服力与可信性。

蓝力士闭目养神，把那些听来熟悉的话语当作是"叽叽咕咕"的鸟叫声。从身边的夏绿茵飘来了阵阵扑鼻的香水味，可真正在他脑海中徘徊不去的却是清丽脱俗的茉莉的脸庞，他仿佛又闻到茉莉诱人的体香，看见她那乌亮的目光里饱含的幽怨与柔情。

"你有没有在听？"夏绿茵用手肘碰碰他。

他睁开眼睛，看见夏绿茵正举起手，向台上做手势。

演讲者的视线朝这边投射过来，有一丝惊异。显然已经发现了夏绿茵的来临。

"你说呢？他会不会帮忙？"

"他是个古道热肠的人，应该会吧！"

将近一个小时的演讲结束了，季安国在众人的鼓掌声中走下台。当别的访问者逐渐从他身边散开后，夏绿茵拉着蓝力士的手上前去向季安国打招呼。

"要得，要得，"元老望着蓝力士，微眯着他那下垂的眼睑，让两只探照灯似的发亮的目光从缝里露出来，"你是蓝力士，我认识你。"

"什么？我又不是大人物。"

"现在不同了，你是我国驻菲里斯的援助团团长，虽然是特派员的身份，但毕竟兼有特殊的任务。"季安国的目光停留在夏绿茵的脸上，似乎他所感兴趣的仍是夏绿茵。他又对夏绿茵说："怎么样，什么风把你吹来的？"

"蓝力士有事要请你帮忙。"

"我们到那边坐下再说吧！"

他们走向一个透明的升降平台，平台的周围以碗形的透明玻璃围罩着，有不少人坐在不同的平台里，升上高空，俯瞰整个城市的全景。当他们三人走到其中的一个平台前面，管理员是个机器人，叮嘱他们要绑好安全带，遇到紧急情况要按钮通知，不可紧张。

"你不怕高吗？"夏绿茵狐疑地望着那个老头子。

"你别笑话我好不？"季安国粗糙而黝黑的老脸浮起了一丝苦笑。他张开一只手，指示他们先行进去，他随后就来。

观景平台缓缓上升。整个公园，以至于整个都市的街道、建筑渐渐地出现在眼前，人仿佛浮在半空中。夏绿茵不禁悄悄地拉住蓝力士的臂膀，坐在夏绿茵右边的季安国，借故伸出手来搭住她的肩膀,她也没有拒绝。尽管与这个国家元老仅仅做了 17 天的夫妻,但她对他谈不上什么特殊的喜恶,就像普通朋友的关系一样。好在他对她也是颇能想得开的,毕竟一个过百岁的人,早已享有丰富的人生经验,哪怕是燃烧过熊熊不灭的情爱的火焰,在这时,都应该可以收敛自如,这也是这个时代的普遍现象。

"季元老,"蓝力士清清喉咙,"你是我所敬佩的元老,为国家立下了那么多的功劳。"

季安国眯起了眼,注视着玻璃罩外的景物。一个伟大的城市栖息了多少幸福的生灵。歌丽美雅的每一座城市都是安全、幸福而美丽的。经过几个世代的英雄、科学家与工程专家的经营建造,它稳稳地屹立在世界的一角,成为一盏明灯。想到这里,季安国露出安慰的表情。

"你们这些年轻人,"季安国说,"实在应该到世界各地去走一走。"

"不错,我已经在外面走了 8 年了。"蓝力士说。

"你有什么计划吗?"

"没有什么计划,我只是想请你帮个忙,我需要回国内来待一阵子,我不想长期流放在外。"

"流放?你说流放?"季安国偏过头来看着他。

"我只是有这种感觉。我有点不平。"

"你拿的是最好的待遇呀。"

"不错。可我的钱在国外有什么用呢?"

"那你想怎么样呢?"

"可不可以想个办法给我疏通疏通,反映反映。"

"你应该对你的上司讲才对。"

"我们的上司也是奉命行事的。"

"是不是你的表现太好了,才这样?你比较适合做这项工作,你是天生的外交人才。"

"我想回国内来长住。"

观景平台已经到了顶点,它就停在太阳城圆顶罩子的最顶端,从上面望下去,整个歌丽美雅的景物尽收眼底。它是那样的温馨祥和,每一座高楼里的陈设以及活动的人们,似乎都成了玩具模型中的图景,甚至街道上来往的太阳能汽车和小小的人影,都像精心规划安排的童话世界。季安国四下张望着,他移开搭在夏绿茵肩上的手,敲了敲那玻璃罩。

"你想想看,"他说,"歌丽美雅就像我们现在所坐的观景平台一样,被罩子罩住了,一个罩子外面又加上另一个罩子,重重的保护,才能维持得住现在的局面。我们需要年轻人多尽一点力,将来才能享受一点成果,就像我一样。"

"你是了不起的元老。"

"你想回国来长住,主要的原因是什么?"

"也是厌倦了外面的生活,外面……"

"不错,那是不同的世界。不要忘了,别的国家需要我们援助。"

"季元老,您是我国援外计划主要的提议人,您不觉得我国的政策有点矛盾吗？我们只能在自保的前提下，有限度地援助别的国家，要严禁别国的人移民我国。"

"那当然，这是必要的做法。先要独善其身，才能兼善天下。船的容量总是有限的。"

观景平台开始缓缓地下降，整个圆顶城市的景物逐渐接近。那些来来往往的车辆全是由电脑控制，永远不会发生车祸，如蚁的行人看起来渺小而微不足道，却是地球上最富庶繁荣地区的天之骄子，个个都是能量的消耗者。季安国有生以来的百年之间，这个城市的风貌改变不少，部分大楼拆除又加盖，部分则往地下发展，成为地下城。圆顶罩子每遇到损坏，便马上进行修补，以保持温室环境中舒适的生活。

季安国眼睛眯着，接触到夏绿茵投射过来的目光，不免好奇。他傻傻地笑着，牵扯出满脸的皱纹，好像在等待着夏绿茵对他的回报。而蓝力士高出的一个头，正在夏绿茵头顶上茫然四顾。

"我只是希望回国一阵子。"蓝力士说，"不要老是把我撇在国外，我也想到温室里生活一阵子。"

"是这样吗？我只能帮你说说看。"

"会很快有结果吗？"

"难说，我觉得不太乐观。"

公园里聚集的人中有不少拿着五彩气球，施放上来正好飘在他们的玻璃圆罩旁边，并继续往上飞去。蓝力士睁大眼睛注视着，面露忧容，像是触动了他的什么心事。

"别担心!"季安国似乎看出蓝力士的想法,"你是夏绿茵的朋友,我暂且为你说说看!"

"我刚在想,这么多的气球飘上去,不会遮蔽了天空,影响了天幕吗?"

"数量都有限制的。有的经过一阵子还会慢慢掉下来。"

观景平台已经降落到地面,有别的游客等候着要进来。夏绿茵对蓝力士示好,她夹在两个男人之间,而那个万人崇拜的元老正在等候她进一步的行动,目光中流露出几分痴情。夏绿茵心里明白,在这时候她绝对不能对任何一方给予太多的媚惑,否则势将引起双方的不平,因而三人就在此地分手。她回过头来,瞥见季安国弯腰咳嗽,满脸通红,身材高大壮实的蓝力士在一边搀扶着他。对付男人她总有一套办法,凭经验,她很想在两者之间讨好,她已经尽了力。

第九章 凌明利的关切

"人口增加率——零。"

人口局的大楼墙壁高挂着一个巨大的招牌，上面有几个大标题字，每个都以醒目的黑底黄色制成，并配上灯光，使得整个首都大门的凯旋路的来往者随时都可以看到它。除了标题字以外，尚有几行阿拉伯数字，显示歌丽美雅目前的人口动态，它们是以灯光字幕打出来的：

男：15 050 676 人

女：15 041 966 人

其他尚有各城市人口分布情况、各行业人口统计，以及以年龄、身高、体重为主的统计，此外，还有三行鲜红透亮的文字：

上月死亡人数：2 521人；

上月出生人数：1 499人；

本月核准（九个月后）出生人数：1 521人。

这个宣传广告旨在告诉民众，推行人口政策是歌丽美雅保持稳定繁荣的治本方针。没有人可以不经过核准而生育，每一个妇女每隔一年必须接受长效避孕剂的注射以及连同各种传染病症疫苗的接种。一个拒绝接受避孕剂的妇女，她会得不到疫苗，将随时有可能死于衰老、癌症及各种其他疾病。只有规矩守分、合乎要求的人才配在这个有完整大气罩保护下的国家生活，享受福祉。

早晨十点半钟，蓝美姬开车赶到人口局上班。当她车子停在地下停车场，从里面走出来时，她的心跳有些加剧。她看见几位戴眼镜、穿着笔挺西装、皮鞋擦得亮亮的男人也从汽车里走出来，正在朝她打量，她不禁有些不自在。直到她在电梯间与他们相遇，看见他们胸前挂着的名牌，显示出他们是人口局的高级官员，她才在他们的微笑注视下向他们微微额首，并略略展露笑容。

"蓝美姬小姐，你好！"那个块头大，长得一脸肥肉的华心广，堆起了胖嘟嘟的脸对着她笑着。显然，他已经看见她胸前的名牌向她打招呼。

"各位好！"她漫不经心地说着，眼睛环视众人。就在目光停留之处，她看见一张熟悉的脸，那是经常在电视上出现的人口局局长，让她感觉到纯种白人因为老 A 帝国的没落，反而失去了优越感。

局促是短暂的，当蓝美姬进入办公室工作，熟悉了新环境以后她就显得自然些了。那些来来往往的机器人负责办公室里面的作业服务以及协助事项，与她相处起来倒也亲切。她不能不感谢史德卫的安排，使她能够从卫生医药实验研究所转移到此地工作。

"每一个女人第一次来月经之后便要进行管制。"主任解说着，"让她们不能随随便便发挥自己的生育机能，以免产生过多的人口。"

蓝美姬担任的工作是一种浓缩药丸的质量检验，以便分送到各地去给妇女们服用，她自己则是在刚刚进来之前就服用过了，并且受过严格的忠贞检验，保证忠实于自己的业务及保守有关的业务机密。

就在她快下班时，人口局的安全室要她去一趟。

"蓝美姬小姐，"出现在屏幕上的是一个面目严峻刻板的家伙，直截了当地说，"我是安全室的凌组长，请你利用下班前的 15 分钟到我这儿来一趟。"

"好的。"她觉得那张脸好熟悉，随后想起，他是今晨在电梯间碰到的四个人中的一个。

蓝美姬匆匆赶到安全室，一进门就看见凌明利站在一张台子旁边，咬着烟斗注视着她。

"坐，请坐。"凌组长指着台子旁边的旋转椅子说。

在她坐下之前，瞥见他桌上的影像幕上显示有她的照片和资料，大约是从她出生以来到现在的整个简历，非常齐备。她不免感到不快。

"史德卫推荐你到我们这儿来的，他说你是一流的工作人员。"

"实在是客气了，"她说，"我不喜欢我原来的工作，那是一种残酷的缺乏人道的工作。"

"是吗？"凌组长把他桌子前面的显像屏幕打开，继续说，"我们这儿有一些关于你的录像图片和文件，想请你说明一下可以吗？"

每一个人的安全资料都存入全国的计算机中心，需要时可以从计算机调出来查阅。一个全新的现代化国家，以尖端科技来从事治安行动的管理，个人所能保留的秘密也就非常的有限。蓝美姬面对安全室主管的例行询问，显得泰然自若，频频点头。

"不过我想知道你最近的不寻常遭遇。重新回想一下，自从你丈夫死后，有没有什么陌生人和你接触过？或是……你自己认为可以提供的线索，我们可以帮你解决疑惑？"

蓝美姬陷入苦思中，她碧蓝的眼眸透着困惑的光芒，游移在安全主管头上的青烟，仿佛自己也化成了一缕一缕旋回不定的雾霭飘失消散了。

"没有吗？"

"没有。"她说，"我的工作是固定的，每天上下班，上午十点半到下午三点，我原来在国家的生化研究机构做事，我不喜欢残忍地谋害动物。"

"你有一颗善良的心，我们知道。"凌明利检视着屏幕上的资料，从蓝美姬出生以来的每一个阶段几乎都有文字或图片甚至录像加以记录。他用手翻阅桌面的文件，再与屏幕上的核对了一下后说道："你对于最近遭遇的怪电话，难道没有什么感触吗？"

"感触当然是有的。"她缓缓地说，"我觉得受到了打击，受到了侮辱和戏弄。"

"你平日交往中有什么不对劲的人吗？"

"我想不起来！大概根本就没有。"

"在你丈夫去世之前，你有没有发现他言行不妥的地方？"

"他是一个守法的公务员，私底下与总统也非常接近，所以他死后能够葬在国家公墓，那是最高的荣耀。"

"你对他的公务了解多少？"

"他平常都在国内，有时需要到国外去。老实说，我了解得不多，他是援外司司长，在国外相当有影响力，因为别的国家需要我们的援助，常常要巴结他……"

"巴结他？怎样的巴结法呢？"

"我所知不多，据他自己说，他每次出国都是左右逢源，被招呼得无微不至，这些都有官方记录可查，我想也用不着我多说了。"

"我只是对你所遭遇的事情感到好奇。"凌明利虽然生就一副严厉不苟言笑的面孔，笑起来却也显示出亲善的样子。他抽着烟斗，翻阅文件并细看荧光幕上计算机调出来的资料。

"有什么事值得你这样费心的吗？"

"不，只是例行公事！"凌明利挥挥手，对她说，"你可以下班了。"

下午四点钟，首都太阳城中央三分之二的机构在这个时间下班。凯旋路的汽车道上显得特别热闹、拥挤。蓝美姬的车子刚刚穿过国会广场，迎面便看见史德卫倚在一株树干下朝她招手，她把车子驶向旁边的停车专用道，让史德卫坐进来。

"到哪儿去？"她问史德卫。

"去看看你家生病的小喵喵！"史德卫故作幽默地说。

蓝美姬一阵沉默。她极欲守住自己的防线，不愿与史德卫过分亲近，然而形势比人强，此刻她已受了史德卫的恩惠，她是不能对他作太多拒绝的。尽管史德卫的身体器官大都是人工化的，而他那一副谈笑风生的样子，外表上全然看不出有多大的异样。她在一家歌剧院门口停下车，让史德卫下去买票，她从另一条街道开走，回家带了婆婆和女儿后就挤进歌剧院去。

豪华无比的歌剧是由人类演员与计算机激光变幻光线和机器人共演的。在三度空间的人可以走入二度空间屏幕，再由二度空间演变成立体屏幕，影像绚烂而多变化，配上立体声的音响，使人身临其境。这是一个用艺术与科学所描绘的人类的未来进化过程，以及回顾历史上所遭遇到的种种苦难。那可怕的生态大灾难席卷全球，使世界为之变色，圆顶城市是文明的堡垒，保护了残存的人类。

许多金属人穿着发光的外衣，在飘浮中自在地展颜欢笑，似乎他们满足于自己生存的犹如伊甸园中的世界。在丰衣足食、无忧无虑、四季如春的环境中，每个人分配在娱乐与享受的时间多过工作、生产的时间。

蓝美姬注视着舞台，她的心时而感受到不平与激荡，在她身边的史德卫借故伸出手来握住她的手，使她心中的小鹿快速地蹦跳。在这感情淡薄的时代，她只能相信自己手边所拥有的真实，对于太过遥远、渺不可及的事物都只能留在镜花与水月中。她已经没有选择的余地，只有茫然地浮沉，能够抓住一点什么就抓住一点什么。

她记起自己父亲的谆谆告诫，只有去除心中的执着，才能够更为接近真理。已逝的时光、纷纭杂沓的往事，使她相信自己奔向的那一个较为善良、光明的方向是不同于堕落的。父亲曾经是一个人人景仰的优秀太空工程师，以他的智慧建造了许多太空工业系统，并且参与设计一项所谓"永恒自动乐园"的工程，借着太空中的自动机器人工厂，不断制造所需的能源和物质并输送回地球。

然而，他们说父母亲在一次太空旅行中遇难了。如今她只有通过父母亲生前留下来的光盘，重现并了解父母亲那一时代的生活感受。舞台上活泼的金属人在迷离的幻境中跳跃，象征着歌丽美雅所建造的太空自动生产系统带给整个国家的福祉。

"总理为了你的事召见过我，你知道吗？"在身边的史德卫突然冒出了一句话。

"什么?"她惊异地回眸瞥了瞥那张老脸。

"为了你到人口局工作的事。"

"有这么严重吗?"

"我也不知道,反正他们很慎重,相当小心地在处理人事问题。"

"你对总理怎样说?"

"看在令尊对歌丽美雅的功劳上面、看在你的前夫对于援外执行的贡献上面,请他核准你调动的事。"

"我只是一个小职员呀!"她说,"用不着上级动这么大的脑筋来安排我的去处呀!"

"说得也是。"

舞台上开始演出一幕人类集体大移民的壮举,由于地球冰河时期的再度来临,所有的文明及建设都不再被保存,人类被迫移民到太空发展。宇宙方舟是人类栖息的安全所在,只有思想纯正,没有邪念的子民才配登上那个最终的居所,它是人类的永恒梦乡。整个歌剧充满了警世的意味,所有的演出都在一种幻梦般遥远的意象中彰显出来,看得蓝美姬惊骇而深受感动,不禁深深地向往。

第十章　"我们只是遵命行事"

实验室里，优雅的古典音乐旋律飘荡着，所有被用来做实验的动物都是那么驯服地躺在手术台上，它们四肢发颤，无声无息地接受宰割。

在史德卫面前，一只大白兔躺着。他看着另一位研究员小心翼翼地把一根腿动脉抽出来，灌入新出品的化学药剂，一种叫作"食得少"的高单位新药。它能使生物所需要的热量减到最低，而以最有效的方式吸收能量。

"主任，"那个低着头专心做实验的人，对着史德卫表示，"你说，我们能够成功吗？"

"试吧！一试再试，千试万试，这是我们的工作。"史德卫提醒他，"你不要忘了，一般的草食动物，热量的吸收情况是百分之五十，植物利用光合作用所产生的能量供给草食动物食用，经过运动消耗，能够在体存储器留下来的只有百分之二十到三十成为组织构成的一部分，其实若再换成日光当初照射下来的热量，大约四千焦的日光能投射在牧草上，牛羊体内仅可以得到百分之十至十五的净效率，这实在是太少了。如果我们能够设法减少热量吸收的损耗，提高它的效益，就可以用较少的粮食养活动物，解决落后国家的饥荒问题，也可以使航天员旅行时避免吃太多的食物。"

史德卫走向另外一个实验台，研究人员正在解剖一只被喂了"失免疫"药剂的兔子，希望从解剖中了解这种促使动物免疫系统失调的药剂是如何发生作用的。如果用在秘密的生化战争中，将使敌国的动物和人类在很短的时间内溃败死亡。史德卫心中浮起了蓝美姬的笑脸，还有她所钟爱的那只猫咪，他不禁觉得矛盾而迷惘。

"主任，"那位研究员抬起头来说，"这种药是非常有效的，但是，为什么要拿来做实验？"

"大概是基于安全的考虑吧！"

"要别人不安全，我们才安全？"研究员露出两排暴突的牙齿笑着，使得史德卫一下子联想起原始人吃食野味的情景。人毕竟是可怕的动物，从200万年以前成为地球上的超猛兽。

"我们只是遵命行事。"史德卫说。

在另外一个台子上，一只三十千克左右的狒狒胸前连接着密密的电线，坐在一个旋转舱子里，然后，研究员开动了机器，使椅子加速回转，当达到每小时八十千米的速度时立刻刹车。狒狒的身子撞向座椅前面的仪器板，"嘭"的一声，狒狒头破血流昏了过去。研究员拿着一把刀子过去，并使用麻醉剂罩子罩住那头狒狒的鼻子，招呼别的工作人员过来，进行解剖。

"干得好，干得好!"史德卫说。

史德卫推了一把椅子过来，坐在一边观看着这幕"动人"的屠杀宰割场面，只为了研究人类乘坐新式的交通工具，避免发生意外，减少可能的伤害，拿狒狒来当牺牲品。这是一种廉价的消耗，没有人可以指责，只有那些无聊的示威者，他们实在活得不耐烦，活得不知天高地厚才会没事找事干，示威呐喊，或许那只是消消气，舒活舒活筋骨，充实一下肺活量。

史德卫还在脑海里盘算着怎样再向蓝美姬提出约会的要求，他满脑子飘浮着蓝美姬的倩影。当快到下班的时候，他接到一通3D影像电话。信号才刚出现，尚未接通时，他还猜想是蓝美姬打来的，直到看见屏幕上那个浓密头发的汉子，不禁咆哮起来："小子，"他骂道，"什么风把你吹来的?"

"老爸，我来问候你有什么不好?"

"你回来了? 从太空城回来了?"

"航天飞机刚落地，我带了新娘子来见见你。"屏幕上立刻出现一张甜美妩媚的少女脸庞，对他展露笑靥，是个金发女子，挺标致的。

切掉3D影像以后，史德卫继续坐在安乐椅上闭目冥想。他那业已亡故多年的妻子，他深深地敬爱着她。在他看见自己儿子史本良以后，不得不想起旧日无法忘怀的人，与他共甘苦了二十年，最后却在一次意外的实验中中毒死亡，离他而去。她算得上是个美人胚子，又那么聪明伶俐、讨人喜欢。逝去的岁月如翡翠琉璃，多姿多彩，尽管已经褪了色，但依旧让他触景生情。

机器人在他面前的桌边放下一杯果汁，对他说："喝点东西吧！主人，是喝果汁的时候了。"

史德卫伸手过去，端了杯子一饮而尽。只是几分钟工夫，他感觉自己视力模糊，心跳加速，气喘不止，他挣扎着要站起来，却无能为力。终于蜷缩在椅子上，嘴巴呆张，眼白上翻，身体动也不动。

机器人收拾好杯子，按动了警报系统，通知警卫部门来处理。

"我叫不醒他！"机器人说。

"他已经昏迷了！"那个带枪的警卫在检查过之后说。

"抬走他吧！"另一个研究员说，"送去医院急救也许还来得及。"

在一阵忙乱过后，救护车风驰电掣地赶到，带走了昏迷中的史德卫，送他上医院急救。

第十一章　歌丽美雅只是一条船

经济发展部，下午四点钟聚集了来自全国各地的重要人士，检讨有关目前的环境以及国际局势。本来所有全国性的重要会议都可以利用 3D 影像电话协商，而无须劳师动众，让这么多人在公务员下班的时间，还赶到这里来集会。因为是一项规模庞大而又特别重要的集会，所以要求所有的人员必须亲自出席，除非有特别重要的紧急事不能到场，才可以利用 3D 影像电话代替发言。

这项会议除了邀请全国各工商界领袖出席以外，还有政府的各阶层重要官员，以及国外与歌丽美雅有邦交或经济关系的重要代表。

会议在歌丽美雅总统英怀德的简短致辞后随即开始。总理白慕理上台讲话，他霜白的两鬓和那一双黑色透亮的眼睛成了绝佳的对比，也充满了慑服人心的锐气。

白慕理的腔调激动而昂扬："我们很高兴各位来到这里参加这次会议，我要提醒各位，20 世纪以来，我们的祖先就曾经对于地球上的大气中日渐增加的二氧化碳提出警告。由于燃烧石油化学燃料而不断增加的二氧化碳在扩散，产生的所谓温室效应聚积热力，使地球的温度逐渐上升。这种现象可以导致南北极地区冰帽的融化，使得全世界的城市大部分被海水所淹没，并且急剧地改变谷物的生产。虽然由于二氧化碳增加所造成的极地冰帽融化的危险不是立即发生的，但是为了全世界居住环境的安全着想，不能不及早设法、预先防范。除了环境问题以外，要养活地球上落后地区的这么多饥饿人群，也是一件相当困难的事，因此，今天的会议主要是讨论如何有效地支援落后国家，不使贫穷如同恶性传染病一样侵蚀可怜的同胞，并且研究维持地球的生态环境不致继续恶化的策略。"

巨型的电视屏幕占据整个墙壁的三分之一，它打出了会议的主题：

一、歌丽美雅愿意协助贫穷国家解决其人口问题，供应一种绝对无害的避孕丸。如果他们愿意接受我们的生育管制方式，也就是任何人的生育都必须经过核准，那么我们将派遣技术人员和专家前往指导，建立制度。

二、在退而求其次的情况之下，歌丽美雅愿意提供粮食的支援。但是这项支援的程度完全要看该国所接受的避孕药丸的多少。当然，在基于人道立场的考虑下，歌丽美雅也会尽量增加粮食的供应，或以非常低的价格卖给需要的国家。

三、在某些还没有设置圆顶大气罩的国家，以及工业落后、农业欠缺改革的地区，歌丽美雅愿意提供技术援助，促成改善，帮助他们尽快重建。这项援助仍然以配合生育管控计划的执行情况实施。

四、在某些国家发生的内部动乱，歌丽美雅提供的军事支援也要根据该国进行人口管控的努力而作不同程度的考虑，此项军援是在非不得已的情况下为之，我们必须坚守人道与和平的立场。

在以上字幕出现的同时，一个温柔的嗓音轻缓地念了每一句话。白慕理在声音消失之后，继续发言：“各位在座的本国官员、专家、学者，还有来自其他国家的人士，歌丽美雅的最高当局接受了元老院的这项决议，决定推行这项政策，我们的目的是希望组成世界联邦，更是为了人道主义。”

“抗议，我们抗议！”会场中突然冒出一句高声而尖锐的呼声。

白慕理怔住了，锐利的目光朝着发言的方向探索。在弧形会议桌里坐着的人中，有一个留着两撇小胡子的人，正举起手摇摆着。

“正式的讨论会议还没有开始。”白慕理说，“这位是菲里斯的罗大使吧？请问有什么指教？”

“我们抗议你们对待我国侨民的态度，上次就有四个人被遣送回国，这还算是人道主义吗？”

会场上的工作人员马上接通了计算机资料档案，将不久之前四个菲里斯人挥动书写着"915"的白布，之后搭机离去的场景放映在另一张屏幕上。

"这就是了！这就是了！"那位罗德西大使站起来，激动地继续说，"你们看，这就是贵国的人道主义！"

蓝力士看着屏幕上的镜头，想起那天到香茉莉住所与她一夕温存的那一夜。他曾经问过茉莉那个"915"的数字代表什么，她回答说那四个人是九月十五日结拜为兄弟的。当蓝力士坐在会议桌边，看到菲里斯罗大使无理的质问，不禁勃然大怒，真想站起来轰他几句。

"少安毋躁！少安毋躁！"白慕理镇静地说，不愧是总理，"我们歌丽美雅要不是重视人道主义，怎么会马上把罗大使所指责的事调出影像资料来放给大家看呢？"

"哦，白总理……"罗德西大使有点惭愧。

"少安毋躁，罗大使，我国一向是最讲信义、最重视人道的。我们有我们的原则和立场。"

罗德西一屁股坐下来，好像怒气一下子消散了大半。他的扁鼻子故意抬得高高的，装出一副做作的高傲，唯恐被看扁，只有尽量表现得自大些。这情形蓝力士看在眼里，不禁暗暗失笑。

"歌丽美雅只是一条船，"白总理继续以不疾不徐的声调说，"这条船沉下去了，对整个世界有什么好处呢？要让这条船壮大起来才能救更多的人。"

会议继续进行。蓝力士桌上的呼叫灯光不断地闪烁着，他知道会场外有什么突发的事要找他。他想象着前往菲里斯国执行援助计划的种种情形，回到父亲从前结识母亲的国度也许会有一番感触，纵然不能申请留居国内，也许到了菲里斯自然而然就会习惯。他站起身，走向会场旁边的通道，一个机器人向他招手，以滑稽而不偏不倚的脚步领他到另一个房间去。

总理白慕理讲完了话后赶了过来，蓝力士感觉到气氛有些奇怪。一个保防局的官员摆着严肃的面孔，站在窗边面对着进来的人说："生化医学实验中心的史德卫死了！"

"什么？是史德卫主任？"蓝力士不禁脱口而出。室内有许多重要官员，他们的职位都在他之上，他察觉自己的冒失之后，才想到不知道保安单位找他来到底有什么用意。

那个胸口戴着一枚勋章的保防官员是詹布朗，一张黑脸闪着油光，激动地说："请你们看看传来的影像，这是医院的录像。"他按下了墙壁间的旋钮，"这不是菲里斯人搞的鬼吗？"

影像墙上出现了史德卫最后接受急救的场面，他已陷入昏迷状态，心跳、呼吸微弱，紧急开胸更换人造心脏里面的机件也回天乏术。最后他们在他的右手手腕通信器上发现一张纸条，上面写着：

菲里斯万岁！长毛党要干掉威胁它的敌人！

纸条上的文字经过放大后呈现在每个人的面前，众人都感到吃惊。蓝力士望着那个奇怪的数字，联想起侵犯茉莉被遣送回菲里斯的四个男人，到底菲里斯有多少非法入境者居留在国内作乱呢？

"怎么会这样？"总理白慕理眉头皱紧，表情一派严肃。

"我们调查过了！"詹布朗说，"他可能误服了某种药物，看似自然发病死亡，其实不是。"

"这简直是公然向我们挑战！"白慕理喊道。

"抓到可疑的人了吗？"蓝力士问。

"没有，我们必须先从他最近交往过的人着手。听说他与你的妹妹最近很要好。"保防官的视线投向蓝力士，神态间显出怀疑。

"怎么，你们有什么想法？"

众多的目光投向他，使他感受到难以抗拒的压力。

"她也是受害者呀！"蓝力士心慌地申辩着。

"我们知道。"保防官面无表情地说。

"是菲里斯人搞的鬼！"总理说，"我们待会儿找罗德西大使谈谈，也许他会有更详细的解说。"

几分钟后，罗德西大使出现在门口。他走进来时含笑注视着蓝力士，仿佛对蓝力士即将出使菲里斯表示感激。罗德西带着固执的傲气，那扁扁的鼻子使他看来像个受气包似的。

"是长毛党搞的鬼！"在了解情况过后，罗德西嚷了起来，"他们屠杀了马德梭25万人还不够，还要到这里来捣蛋，真是坏透了！"

"别激动！"白慕理劝慰他，"你能不能提供一些线索给我们？让我们可以尽快抓到这些坏蛋？"

"你们是说有长毛党潜伏在贵国境内，想知道他们在哪里？"

"你说呢？"白慕理总理说道，所有的视线都集中在罗德西大使的脸上，期盼着从他那儿得到答案。

"长毛党本来就是我国的敌人，要是我知道的话当然会告诉你们，把他们碎尸万段。"罗德西说话时习惯把他的鼻子仰得高高的。在他环视众人之际怕自己的威风不够，还特意两手叉腰，做出一副愤慨的样子。

场面凝结住了，气氛很僵，最后总理的视线落到蓝力士身上："事情已经变成这样了，还能怎样，我们对菲里斯国的援助还是照旧进行吧！"

"不过这件事情在国际上传开来总是不太好的。"蓝力士说。

"已经来不及了。"安全官表示，"已有别的通讯社发表了新闻，大概现在全世界都知道了。"

"真是糟糕！"白慕理皱着眉头，"不应该把消息泄露出去的。"

第十二章　恐怖分子在哪里？

果然，这件事情马上引发了国际性的震动，世界各国的媒体，纷纷以最耸人听闻的报道，宣称菲里斯的第二势力渗透当前世界第一大国歌丽美雅，进行颠覆活动。他们神出鬼没，隐藏在暗处，伺机破坏或索取人命。

歌丽美雅总理在对外声明中强调："由于菲里斯国第二势力长毛党有明显的迹象在我国境内制造恐怖活动，我国今后只有以更审慎的态度进行安全防护。同时，为了保持我国与菲里斯自由政府的联邦关系，今后我国将更积极地向菲里斯提供科技、军事、民生物资以及人口控制计划。对于长毛党的血腥恐怖活动，我们表示最强烈的谴责。"

电视台随后介绍了菲里斯的第二大城马德梭被攻占后全城25万人遭血腥屠杀的镜头。那些戴着圆顶头盔的士兵在厮杀、呐喊中，狂乱地挥舞着原始的武器——机枪和步枪以及刺刀等,在那没有圆顶保护的城市街道大开杀戒。殷红的鲜血从每一个哀叫惨呼的人体中迸出来,横七竖八的尸体散落在断壁残垣间,在酱紫色的天空下显得阴森恐怖。在另一个角落里,断臂残肢散落各处,就像兽类被宰杀过后的屠宰场。长毛党人在胜利的欢呼中将那些残碎的肉体搬上马车或卡车,预备运往屠宰场加以切割,作为粮食。

"各位都看到了,菲里斯的第二势力长毛党是怎样的一副德行!"总理白慕理在电视上厉声指责,"长毛党是一群野兽魔鬼,实在太可怕了,无所不为。"

茉莉躺在蓝力士的臂弯里,她怯生生地看着电视,不禁捂嘴欲呕。她移开视线,将嘴唇贴在蓝力士的脖子上,轻柔中带着颤抖。她没有办法抑制自己内心涌动的惭愧与不安,也许靠近一副健壮的身体,可以从他那儿得到些许的安全感。

"茉莉!"蓝力士低低地叫着。天花板上的屏幕出现了一幅可怕的食尸场面。那些饥饿如恶魔的长毛党人,满嘴胡须沾染着鲜血和腥肉,狰狞的嘴脸让人觉得他们是人形的野兽。蓝力士也不禁看得直想作呕。

茉莉吮吸着他的脖子,吃力地用手缠住他。

"我害怕!"茉莉说。

蓝力士按动床边的电视频道转换键,让屏幕上的可怕场面不再出现,代之而来的是国家歌剧院上演的太空歌舞节目。那些欢快喊叫的嘴,脸上所流露的愉悦表情,以及背景的豪华雅丽和音乐的回肠荡气与刚才的情景形成了强烈的对比。

"不要怕!"蓝力士说,"跟我到菲里斯去吧!"

"不过,那边……那边不安全吧!"

"我们的援助对于菲里斯是很大的定力。"

茉莉沉默着,她妩媚的脸移上来,在蓝力士的脸颊边紧紧地靠着。她的祖国正处在遍地饥荒、烽火四起的境况,她是为了避难才千方百计移居到歌丽美雅的,如今听他这么一说,她倒是有点把持不住,"你不是申请内调吗!"

"在这种情况之下,怎么有可能呢?"

"那个季安国元老,为你说得怎样了?"

"没有结果的。"

蓝力士是个责任心很强的人,也许因为自己过去的表现特别好,上级也格外器重他,而在目前菲里斯局势吃紧的关头,他是没有理由逃避的。尽管夏绿茵好意,为他找到季安国元老,企图为他说情,但季安国与蓝力士之间只是泛泛之交,与夏绿茵也仅是一种情缘的关系,很难有把握使得上级回心转意。让他留在国内养尊处优,要他自己开口去向上级要求,无论如何他也办不到,因此,他也就听天由命。此刻,茉莉的轻柔细语在他的耳畔陡然增加了他的心理负担。他在过去的许多年里遇到过不少女孩子,都没有像现在这般放不下心,离别在即,他的感触是深重的。

史德卫的去世对于蓝美姬的打击是颇为严重的。她刚刚从丧夫之痛中恢复过来,又顺利地从医学实验中心调往人口局之际,史德卫莫名其妙地暴毙,在她的心湖里犹如投下一颗巨弹,使她茫然无主,震惊加上恐惧。

那张挂在史德卫手腕上的纸条子,署了一个"915"的奇怪数字,正是她在胜利女神像里面的墙壁上所见的用发光的涂料所写的数字,也是她曾在电视上看到的那四个被驱逐出境的菲里斯男人在临上飞机时所展露的"印记",这充分显示出有菲里斯的恐怖分子在国内作怪。

蓝美姬把她与史德卫交往的经过原原本本地告诉了调查人员,他们希望从蓝美姬这儿能够得到更多的资料,以便进行追查。人口局的安全室主任就曾找她去详谈过三次,最后,那位外表严厉、内心慈爱的凌明利主任告诉她说:"我们会设法暗中保护你的,你尽管放心吧!"

那些恐怖分子到底在哪里?他们到这里来作乱的目的是什么呢?他们是怎样在严密的管制下进行活动的呢?蓝美姬每当想到这些便不禁毛骨悚然。每天晚上,她躲在自己的房间里,望着街道整齐光洁的路面、灯座、排排的树木,以及悠闲的行人与川流不息的车辆,一切是那样安宁祥和。这个严密设防的国度,保障着所有子民的幸福与安全,而今偏偏就有那么多令人困扰的事发生。

她照常上班下班,看顾自己的宝贝小珠儿,带她到各处去玩。她发现小珠儿的长相与她的父亲越来越像,不仅外貌相似,连走路时右肩膀略微倾斜也一样。

那天,在她的哥哥蓝力士出发前往菲里斯的时候,她带着小珠儿到机场送行。

"舅舅，"蓝美姬指着面前的高大人物对着小珠儿说，"他是舅舅。"

蓝力士抱起了小珠儿，在她的腮帮上亲了两下。在蓝力士身边的茉莉，以友善和悦的笑容迎着蓝美姬，并且伸出了手。蓝美姬也伸出手，与她相握了一阵。

"你是菲里斯人吧？"蓝美姬问她。

"是的。"茉莉低下了头，显得有些不自在。

"你不想回去看看吗？"

这句话倒是说中了茉莉的心事。她的家乡正遭逢巨大的变故，此际心头缠着万种情愫，就是不能离开。在她与蓝力士昨晚的相处中，她已向蓝力士提及有关家乡的亲友情况，托请他尽可能加以照顾，因为在那贫穷又逢战乱的国度，生命与安全随时都有被剥夺的可能。她虽然渴望着自己能够继续与蓝力士在一起，甚至与蓝力士一起回到菲里斯，但现实环境逼得她没有办法。蓝力士对她说过的话在耳边回荡："我先去，如果情况许可再带你过去看看。"

当然，蓝力士的话也许并不含有任何承诺，只是代表一种期许，她不能太当真。她只能把它埋藏在心底深处，并且化为对蓝力士的祝福。面对着蓝美姬的问话和目光，她只有以沉默回避。

在机场大厦的外面，透过巨型的玻璃罩是一望无际的荒漠，那是上一个世代所留下的生态大灾难的遗迹。飞机场就在圆顶气罩的外面，旅客出入必须使用管道链接，以免使旅客接触到外面的高热气温。

在蓝力士登上出境准备室之前，他瞥见夏绿茵出现在欢送旅客者的行列中。她挥着手，跳跃着，喊道："蓝力士，你回来一下好不？"

蓝力士对于这个女孩子惊人的活跃不由得赶紧作了反应。他快步走过来，夏绿茵却攀着他，在他耳边故作亲昵地讲了几句悄悄话："我再请季安国元老帮帮忙！"

"你还想同季元老续前缘吧！"蓝力士笑着调侃她。

夏绿茵桃红的粉脸立刻变得铁青，她白了他一眼，灰色的眼睛闪着不满与微愠。她瞥见身边站着的蓝美姬和茉莉之后，也不作礼貌性的招呼。蓝力士作了简短的介绍，茉莉向夏绿茵伸出了手。夏绿茵却不加理睬，看来她是真生气了，只好把气撒在来自菲里斯的茉莉身上。

"菲里斯！"夏绿茵甩一甩她额前的一绺棕色头发，近乎轻蔑地仰着鼻子，叫着，"菲里斯人每年要吃掉我们多少粮食呀？"

这突如其来带有攻击性与伤害性的言辞让茉莉颤抖得不知所措。她可怜的眼光投向蓝力士，眼泪潸潸而下。蓝力士以他粗大的手掌搭在她的肩膀上，对她说："姑娘，你就原谅她吧！夏绿茵心直口快，一向如此的。"然后，他又朝夏绿茵眨眨眼，暗示夏绿茵少说几句。

气氛显得很僵，夏绿茵并不领情，她跺了一下脚，气呼呼地掉头而去。蓝力士早已感觉到天花板上的电眼不断地在朝他

们这边扫描，也有其他的官员正在附近注视。在歌丽美雅所有
不合时宜的举措都可能列入监视记录，蓝力士身为政府官员不
得不随时警醒。他苦笑着拍拍茉莉的背部，另一只手从口袋中
掏出纸巾递给她。

"擦擦眼泪吧！让人家看见了不大好！"

然后，蓝力士转身走向出境准备室，许多团员们在那儿等
待。他们早已看见蓝力士所表演的儿女私情的场面，正在暗暗
窃笑。蓝力士装作若无其事的样子与团员们打招呼。

"干吗呀？"那个有着菲里斯血统，长得一脸胡须的明月
光开他玩笑说，"到了菲里斯有的是妞儿，你又何必这样想不
开？"他那白皙的脸儿与那黑白分明的眼珠子成了他的最好标
签。当他的眼珠子在骨碌转动之际，接触到蓝力士一派严肃的
眼神，不由得伸伸舌头，打打哈哈，免得冒犯了蓝力士。

第十三章　悲凉的大地

　　反引力飞机关闭了所有的门窗，进行起飞的预备工作，那条长长的人行大管道也封闭了起来。在飞机的外面是一望无际的荒漠，所有的山脉和地面都是光秃秃、黄澄澄的，好像另一个星球的奇异景物。根据比较可靠的分析报告，地球上的环境比2095年的生态大灾难时期已经在逐渐改善中，若是按照当初的情况继续恶化下去，迟早有一天地球的环境会不适合动物和人类居住，而必须全部移居外太空。歌丽美雅在地球上拥有最佳的保护设备，因此它能够在世界各国面临饥荒、动乱之时，独领风骚，成为众国瞩目的灯塔，也是人类希望的所寄。

　　飞机掠过原先的A国东海岸各大城，那里依稀可见昔日残留的建筑痕迹。在炎热的太阳光熏烤下，在夹沙扬尘的劲风侵袭下，所有过去曾辉煌巍峨的高楼巨厦早已成了颓败残缺的火柴盒般的积木玩具，颠颠倒倒地淹没在厚厚的沙海中。文明曾经存在过的遗迹到底都逃不过时间无情地冲刷,往日繁华成为过眼云烟。

飞机最后进入一大片略带青绿色的大地上空。蓝力士探首注视舱外的景色。这个地方确实比歌丽美雅恢复得快,因此也容易引起别的国家觊觎。它邻近歌丽美雅,却一贫如洗,要不是有外援,这个国家早就因为饥荒和疫疠不存在了。相反的,歌丽美雅的外在环境虽然不断地在恶化,但环境改善明显,主要是绿色植物的重生。然而在歌丽美雅境内,除了圆拱形的气罩里面是一片生气蓬勃的景象之外,气罩外面的沙漠却丝毫没有植物滋生。从长远的观点来看,永久地躲在保护罩里面生活,终非所宜。

飞机在菲里斯的第一大城狮头马降落下来。机场的周围全是穿着绿色制服的军人,荷着古老的卡宾枪把守着。仔细观察他们的穿着,可以发现除了胸前黄色发光的一块名片是整整齐齐的以外,所有的衣物布料都是经过修补的,满是补丁与洗不掉的污渍。蓝力士在望远镜中看得不禁摇头叹息。

"怎么会这样穷呢?"在身边的副官明月光说,"上次我爸爸告诉过我,菲里斯是个好地方。"

"不错,是个好地方。"蓝力士回答,"有水源,有青草,比我们歌丽美雅完全靠人造要强多了。"

代表团团员下飞机以后受到了来自菲里斯国务院有关人士的欢迎。

几声朝空而鸣的枪响啪啪而起,菲里斯穷得必须对能源的使用做到最有效的节约，不能轻易浪费。蓝力士从那些面黄肌瘦、颧骨高突的迎接者看出了这个国家多么需要外援。

"恭喜恭喜！"菲里斯的外交部副部长史东尼克上前来握住蓝力士的手，"恭喜你到菲里斯上任。"

"谢谢！"蓝力士发现那只握他的手是这样的冰冷，与外面炎热的天气极不相称。很显然，史东尼克也许刚从冷气房里出来，或是史东尼克的循环不良而有手脚冰冷的毛病。

"抱歉，我们的机场设备简陋。"史副外长苦着脸说。

"没有关系！"蓝力士的背脊和额头早已冒出了大量的汗。他远远地看见一个熟悉的人影戴着太阳眼镜走过来。他不禁抢先向那人打招呼："路大使，你也来了，真不敢当！"路易斯是歌丽美雅派驻菲里斯的大使，他那圆圆胖胖的脸上挂满了如豆的汗珠。

"你可能要担任大使哩！"路易斯向他打哈哈。

蓝力士一阵错愕。他差点笑出声来，在这个地方担任大使又算什么呢？

"谢谢，你的消息可真灵通。"蓝力士随口应了一句。他领着大群的团员进入机场大厦。

他们在这儿接受许多新闻记者的访问，记者们问的问题不外乎是今后如何来加强两国之间的关系；对于援助菲里斯国有些什么计划等，此外，对长毛党的叛乱扩张活动是否已拟定了周全的对策以协助菲里斯人保卫安全。蓝力士无不据他所知地给予满意的回答。在这里他所接触到的人民已闻到一股恐惧的气息，他们担心着生存的问题，蓝力士不禁感到自己也岌岌可危。

从机场到市区要经过一段地下道，地底车辆是老式的地下铁。菲里斯处处因陋就简，它能够在恶劣的环境下生存得益于从前的设施有一部分建筑在地下，以至于生态大灾难来临时可以封闭通口，人们躲在地底下苟延残喘。历史不断向前，它也提供了教训，只可惜人类大部分是健忘的，前人尝受的苦果到了后人，常常置之不理。为了在同一个环境下生存，协同合作是必要的，不幸的是有人偏偏要争抢利益，以致造成兵连祸结，人民也在水深火热中苦不堪言。

菲里斯全境仅有首都中心区有圆顶气罩。既然它是全国的首善之区，这唯一的保护罩当然就是给所有的高级官员与富豪及外交人员享用。当蓝力士一行人从地下道走出地面时受到菲里斯人民的热烈欢迎。照理居住在首都中心区的人，都应该享有较佳的物质供应，从这些市民破烂的穿着和瘦骨嶙峋的外表已然可以看出这是多么贫穷的国家。有一些光着上身只着短裤的饥民，凹陷深黑的眼睛乞怜地注视着这批外来的精神饱满的援助者。他们的手脚细小，腹大如鼓，他们拍着颤抖的手，表达他们的欢欣愉快。他们的嘴巴呆张着，甚至无力再发出别的不同语句，只有轻轻地低呼："欢迎！欢迎！"。

有气无力的喇叭声吹奏着，飘荡在城市上空。那也许是他们得到外援时对同胞的通告，而不见得是对外宾的欢迎。那些失血的嘴唇咬着吹奏孔，鼓涨着脸使他们原来瘦削的模样显出滑稽式的丰满。眼神在经历饥饿后强行振作而发亮，藏着强烈的渴望。

"这些半死人！"明月光在蓝力士旁边耳语着。

"你是第一次外放吧！"蓝力士说，"见怪不怪，我见得多了。"

"人道主义！"明月光自言自语嚷着，"我们要在这里实行人道主义，拯救所有菲里斯苦难同胞。"

歌丽美雅援助菲里斯代表团的办公室与驻菲里斯大使馆在同一大楼。夜晚，当市区里稀稀落落的灯光亮起时，这幢十五层的大楼是最令人瞩目的。在屋顶的上空升起一只大气球直达圆拱形气罩的顶端，气球下面高挂着一排发光的广告文字：

人道主义是战胜魔鬼的利器，歌丽美雅的爱是所有苦难人的希望。

这排文字的确是够壮观感人的。蓝力士当初抵达狮头马城市时，他与副官驾着车子在市区绕行，几乎在这个城市的任何一个街道角落都能看见那醒目的广告！它就那样自在高傲地飘扬在狮头马城市的上空，向众人夸示歌丽美雅无比的博爱，并提醒人民歌丽美雅所给予的援助。

在晴朗的日子蓝力士开车出了城市，有时会闻到空气中一股焦臭和腐烂的味道，甚至视线也不会十分清明，仿佛有一层薄薄的尘埃织成的网飘散在空间。远方的房舍和树木、山峦，有如雾般的朦胧，也许正因为到了菲里斯，空气的成分也不一样。这个地区的苦难人民成天暴露在没有大气罩防护的环境下生活，他们也已习以为常了，人民早已养成了在艰难中挣扎忍耐的美德，见怪不怪。

人们在干旱中因为流汗，身上已沾染了一层灰黑色的尘埃，看起来就像雕刻出来的泥像，只有在他们走动的时候，让人知道是个有生命的人体。很多人默坐在枯槁的树干下喘息。女人抱着她们的婴儿，将她们皱瘪的乳头塞进婴儿的嘴里，以止住因为饥饿而发的啼哭。然而只是短暂的吮吸之间，婴儿一经发现干涩缺水的乳头，便又开始另一次抽搐，直到声嘶力竭，疲倦地睡去。可怜无助的母亲无神地望着蓝力士卷沙扬尘的车子，仿佛是天国航行的神祇的舟影，如梦幻般遥远、迷离，不可企及。

蓝力士在冷气车内看得很难过，他下了车子，拍拍下车时不小心被车门弄脏的白色西装，走到一个母亲的身边，掏出他口袋中的营养丸，放在那母亲的嘴边，示意她张嘴。

女人一动也不动，只是张着眼睛凝视着天空。

"吃下去！"蓝力士说，"吃下去！这是营养丸，对你有帮助的。"

女人的双眼一如天空一样的空洞，趴在她胸前的婴儿轻微地蠕动着。蓝力士弯下身来，摸弄一下婴儿的背部，并且稍稍翻动一下他的身子。婴儿从母亲手臂中滑落下来，发出没有声的哭啼，皱紧的小脸，所有的五官全部挤成一堆，嘴巴张得大大的，如同永远填不满的饥饿。蓝力士把营养丸塞进女人的牙缝里。

"吃呀！你吃呀！"

女人没有反应，像一具木头。蓝力士用手在她的两眼前面挥动了几下，那污黑的脸毫无表情，眼睛眨也不眨一下。

"死了！"在蓝力士后面的明月光发出了声音，"我们快走吧！万一染上疾病可就不好玩了。"

"这一区没有传染病在流行，你怕什么？"蓝力士说。

"难说！饥荒与瘟疫永远是孪生兄弟。"

蓝力士不知所措地抱起了痉挛的婴儿，他很想将他放进车内，在车子后面另有一辆破旧的卡车停下来，那是菲里斯的防护队。一个穿着绿色制服的人员跑过来，向他举手为礼，严肃地说："放下，请放下！"

"放到哪里？"

"放回树干下。"

蓝力士望望那具僵木的尸体，两只眼睛似乎还在望着他，蓝力士将婴儿放回去，不解地抬头望着那个防护官。

"为什么要这样？让他死吗？"

"那是违法所生的婴儿。"防护官指着其他的树干下奄奄一息的蠕动斜躺的人体，"他们得不到口粮配给，只有自生自灭。"

"但是，我们已经带来了物资援助。"

"援助是有限的，不能无限制地供应这些多余的人口。"防护官指着自己胸前的名牌做自我介绍，"我是缪天华，执行保卫人民的工作。"他说这话的时候好像在念一段神圣的文字，表情庄重而严肃。

热乎乎的风，从不知道的方向吹来，蓝力士周身感到黏黏的汗液往外冒。他呼吸到空气中所含的奇怪稠浓的杂质，还带着几分令人欲呕的腥臭。他的肠胃在翻绞，眼前所见的景象和生活在歌丽美雅保护罩下的生活真有天堂与地狱之别。

"团长！"那名防护官说，"请你到永康镇去看看，那边的情形是不同的。"他指着前面右边的一条岔路。

"还要糟吗？"

"不，那边才是你应该去看的，你不应该老是看丑陋的一面。"

"他们为什么要在这里等死？"蓝力士指着树干下无声息的饥民。

"他们等待狮头马城市的人开恩施舍。"

蓝力士上了车，继续往永康镇的方向驶去。在他过去所到过的国家，多的是同样的悲惨情况，即使他怀抱着所谓人道主义的精神想要救助更多的人，也是无能为力。他只有奉劝自己麻木些。世界上的美好事物原来只是为某些特定的人存在的。

永康镇是一个新兴的都市，由于它有丰富的水源，适合动植物的生存，这里已不似狮头马郊外那般恐怖。天气不断地在改变，在过去一百年里，菲里斯曾是极度严寒干旱的地区，如今有些地方却一反常态。狮头马原来也是较为低湿的所在，因而成为菲里斯的第一大城。当 2095 年全世界生态大灾难来临前狮头马人口是 100 万，在建立菲里斯唯一的一座圆顶气罩之后，它收留了劫后余生的 33 万人口，如今又超过了百万大关，却没有想到狮头马成为一座孤城。由于环境的变化，保护罩周围一部分的平原区域已成了沙漠形态，好在狮头马靠地下水及临近城镇丰富的水源来接济，否则将成为一座废城，无人可以在此居住。

蓝力士的车子越往前开所看到的绿色植物也就越多。空气中仍然弥漫着一种看不见的微粒，以至于远方的景物看起来都像隔了一层纱，这情形比起歌丽美雅来说可能要好一些。歌丽美雅完全依靠高科技所达成的人工化的居住环境，水源来自海水淡化系统。在歌丽美雅任何一个保护罩外面都是干旱不毛之地，除了偷渡者经年累月设法在大气罩外面忍受恶劣环境，以便设法潜入以外，很少有人会在保护罩外面生活。

在蓝力士所到过的国家中，百分之八十的地区人民都有简单的保护罩，外面的环境或多或少的都有适当的水源及植物，即使人们离开保护罩，也不至于完全陷入绝境。

永康镇是清一色的矮房子建筑。男人、女人和小孩好奇地观望着一辆电子汽车的闯入，他们的肤色已因为长久暴晒，变得黄里带黑。虽然营养不良，却还有几分生气。

"歌丽美雅万岁！"许多人举手欢呼。

车子外面那排醒目的文字："人道主义是战胜魔鬼的利

器，歌丽美雅的爱是所有苦难人的希望!"似乎发生了作用，在这个城市里激起了广大的回响。即使街道上荷锄挑担的农夫们微笑的脸上都有一股兴奋和喜意，但是最令人触目惊心的仍是躺卧在树荫下哀哀无告的饥民，他们所需要的只是填饱肚子。

许多可以走动的人从自己躺卧的铺位站起来，伸出长长的手，讨饶求乞似的对着蓝力士的车窗喊着："救救我们吧! 救救我们吧!"

蓝力士想到身在歌丽美雅的舒适生活，水龙头一打开就有咖啡、牛奶及果汁等食物流出来，他的妹妹蓝美姬生病的小猫都可以住院享受免费的医疗。这里的情形与之相较，实在太悬殊。如果没有一副悲天悯人的胸怀，要他到这儿来面对这些过得连牲畜都不如的人们，他是无法支持下去的。

蓝力士下了车，取出预备好的营养丸，开始分送给那些饥饿的人。在蓝力士车后面跟随着的车辆也停下来。缪天华——那位执行保卫人民工作的防护官，伸手取走蓝力士手掌中的几粒营养丸，不管三七二十一直往自己嘴里面送。而后叫嚷着对着那些不解其事的饥民做了示范："这是营养丸，好吃的东西。"

蓝力士的副官也从车子里搬出一箱营养丸，开始分送。那些油腻腻、污脏脏的手拿去了营养丸，以奇怪的表情咀嚼着那糖果似的东西，他们没法相信这小小的食物有多大的能力可以疗饥。有人尝了尝还从嘴里把它吐出来。缪天华看见了，迫不及待地弯下腰去捡起来，在他的脏制服上揩了揩，小心翼翼地放入口袋里。

"傻家伙！这么好的东西还不要？我带回去自己用。"缪天华的手再度伸向那只纸盒子，抓了一把，又往自己口袋里送，一副贪馋相流露在他脸上。

永康镇所表现的"富足"就在于四处的丰富水源以及它四周的茂盛翁郁的各类植物。地球在经历生态大灾难之后大半的地表都受了重创，幸而几十年来，由于大地的自行修复，有些地方已逐渐恢复了生机，开始由绿色植物产生清新的空气，也就因为这样，在地表上没有防护罩设备的地方人们才能幸存下来。

现在蓝力士所看到的却是他历次派驻国外所见的例外。这里的人过着的是原始的农业社会生活，所有的基本现代化产品，诸如电视、冰箱等，在这里全然用不上，只有改装修补过的车辆或耕耘机，使用汽油代用品，以缓慢的速度行走在街道或田野间。难民持续涌入，各自寻找自己的土地进行开发种植。

"永康镇之所以能够繁荣起来，"那位防护官缪天华指着竖立在田野间的一座巨型石碑说，"就是因为它的地底下埋藏了丰富的垃圾和各种动植物及人类的尸体，那些腐烂的东西使这里重新有了生机。"

环顾永康镇这个逐渐在衰颓中兴起的城市，聚集了来自四面八方的谋生的人，当以往的工业文明在世纪的大浩劫中被摧毁之后，人们重新回到大自然，依赖原始的大地求取生活所需。苦难的生灵为了填满肚子，躲避风雨和炎阳，就得像古代人类一般日出而作，日落而息。当然，也有一部分残余的工商业，如纺织、铁器或小型工厂在镇内开设。有一家经营很好的工厂，就是靠着挖掘埋藏在地下的垃圾堆剩余物资，如电子零件、罐头壳、旧沙发、旧家具、废汽车等而大发利市。

以后几天，蓝力士继续巡视其他的城市和地区。这个遭遇战祸蹂躏和饥荒蔓延的国度正是所谓"第四级贫穷国家"，所有的人民，都生活在恐惧的惨境中。那些乞怜的眼光、一只只骨瘦如柴的手，对着来自歌丽美雅的后援恩人抱以无穷的希望。

由歌丽美雅空运及海运过来的救济粮食和医药物品陆续分送出去。蓝力士几乎夜以继日地工作奔忙，他接触到菲里斯的各级官员以及民间人士，他们所要求的无非是更多的物资，以填满他们的贫乏。

其实，以大自然的"外在"条件来说，菲里斯的土地及空气都要比歌丽美雅恢复得快。也许歌丽美雅在上个世纪间工业化的程度越高，对于环境的破坏也就越大。幸而它有良好的防护设备，使得人民生活在无忧无虑的温室里，和菲里斯的情况俨然成了对比。

第十四章　迫近的威胁

　　菲里斯的国防部长李维望着玻璃墙上所画出来的战况图，咬着烟斗沉思着。在他决定给歌丽美雅援助菲里斯代表团团长蓝力士打电话时，忍不住用力喷出了嘴里的烟雾，好像火山爆发一般发泄出胸中的一大串情绪。

　　几分钟后，李维出现在蓝力士的办公室，他臃肿的脸显得过分的严肃，好似随时都在跟谁生气一样，令人望而生畏。他很客气地向蓝力士行了一个军礼，然后坐到沙发上，好奇地望了望这间设备豪华的办公室。那部3D影像电话及文档传真拷贝机尤为引起他的兴趣。

　　"李部长，什么风把你吹来的？"蓝力士坐上了沙发。

　　这时，一个机器人从壁橱间的一个水龙头开关接了一杯咖啡摆在茶几上，让李部长一下子愣住了。

　　"谢谢！谢谢！"李维望着机器人的灵活动作，却忘了应该在说话时面对蓝力士，否则他等于是在向机器人说谢谢，表错了情。

"不谢！不谢！"那机器人说，"对我们机器人不必来这一套。"

蓝力士笑了起来，发现李部长满脸通红。

蓝力士说："李部长，还想喝点咖啡吗？"

"嗯——"李维头额上冒出汗珠，他不禁用手背揩了揩，"不必，不必！"他局促地说。

机器人却已从水龙头又接了一杯咖啡摆在蓝力士的前面，直把李维看得目瞪口呆。他用力吐着烟，以缓和他的紧张与不安。

李维肥肥的脸堆起谄媚的笑，他竖起一根拇指在蓝力士的面前说，说："歌丽美雅真行、真棒！"

蓝力士端详着他，希望在李维的脸上搜寻到蛛丝马迹，他喝了一口咖啡，眼睛转移到电视墙上所显示的援助菲里斯的各项统计数字，他在忖度这位国防部长的来意。

"嗯——是……这样的……"李维有点口吃，也许是过分的严肃，使他紧绷的脸皮看起来微微颤抖。

"你们需要军援？"蓝力士一语道破。

"对的，为了保卫人民的安全，不再受长毛党的威胁，我们需要更多的武器。"

"很抱歉，根据援助条例……"

"我请求你！"国防部长从口袋里取出一盒光盘，对蓝力士说，"这是长毛党在我国境内为害作乱的纪录片，你可以看

看，我们的确需要军援，如果没有军援，说不定长毛党很快就
会攻打到这里来！"

"我必须请示我国的主管部门才能做主。"蓝力士说，"我
们并没有军援的例子，我们是为了和平，为了人道，要吸取旧
世界国家的教训。"

"你看看光盘吧！"

"不，我们的电视已经播放过了。"

"你难道不想了解吗？"

"我了解。但我是属于经济发展部的援外司，并不属于国
防部。"

"那么我请你向贵国的国防部转达这项意见。我们原来以
为你们的援助一定会考虑到这一点。"

"到目前为止我还没有接到任何军援的指令。不过我会尽
快请示。"

"我们曾经通过别的关系请求贵国伸出援手，但是没有
结果。"

"你是说，你们已经通知我国军事部门？"

"我国驻贵国的大使罗德西曾经为了这件事晋见过贵国的
总理。这是在你刚刚抵达我国的时候。"

"既然已经这样了，还有转圜的余地吗？"

"据罗德西大使说，贵国的白慕理总理曾留下了一个交换
条件，就是要在我国推行百分之百的人口控制。所谓百分之
百，就是按照贵国境内所实施的模式，只有这样才不会因为人

口的增加造成更多的难民。"

"这我明白了。"蓝力士说,"我会尽量为贵国争取,据我的观察,我也了解菲里斯目前的情势非常紧迫。"

"的确是非常紧迫,如果没有军援,一切都是空谈,所有的努力都将功亏一篑。"

蓝力士深沉地点着头,他将那盒光盘小心放入电视放映机里。李维盯着说:"这是最新的资料,你看了都会掉眼泪,吃不下饭的!"

国防部长李维咬着烟斗站起来,蓝力士从壁橱里取出一盒营养丸交到李维的手上说:"这一盒给你!"

"谢谢!"李维伸手接过,他脸上紧绷的肌肉微微松弛,露着微笑。好像他已完成了一件艰巨任务,而后迈步走出。

蓝力士没有看完光盘便关掉了它。他开始拍发密电。

　　致最高军事委员会:

　　由于菲里斯军情紧急,长毛党逐渐威胁、侵吞菲里斯北部区域富庶的地带,请给予必要的军事支援,以便适时保障菲里斯人民的安全。

　　　　　　歌丽美雅驻菲里斯援助代表团团长　　蓝力士

半个钟头之后,回电很快来了。大意说,有关部门正在召开一项秘密听证会,审查派兵前往菲里斯支援作战的计划。由于歌丽美雅要避免太过明显地干涉他国内政,关于军事支援即将采取的方式必然是作战机器人的参战及其他枪械弹药的供应，请即刻部署有关的支援接应措施，随时等候通知。

蓝力士高兴之余，拨了一个电话到菲里斯的国防部，部长的机要秘书以激动口音说："刚才……刚才我们的部长遭遇了不幸……车子在马路上炸毁了。"

"什么?"蓝力士愣住了。

"他受了严重的烧伤，正在圣母医院急救。"

蓝力士的车子赶到医院时，看到里里外外布满了走动的便衣人员。一个满脸胡须的家伙从口袋里掏出了他的证件，那上面的徽记表明他是歌丽美雅的安调局人员。在那位安调局人员旁边站着一位菲里斯的防护官，蓝力士觉得有点面熟，再看看那人胸前的名牌"缪天华"，他猛然想起是那天随着他巡视郊区及永康镇等地的防护官。

"怎么会这样呢?"蓝力士问，"有没有希望救活他?"

"不死也残废了!"缪天华说，"蓝团长，你能不能说明一下，你们最后一次见面时谈了些什么?"

"只是例行的公事，歌丽美雅的立场你们是知道的，我们是人道主义的拥护者，我们一直在推行和平政策。他是来要求军援的。"

那个满脸胡须的歌丽美雅的安调员以怀疑的眼光审视着他："他不应该到你办公室的。"

"大概是吧!"蓝力士说，"也许有别人跟踪上了他。"

"我们要好好调查，"安调员说，"我们想弄清楚他在你办公室的最后谈话情况。"

蓝力士与那位叫华立平的安调员在医院的紧急救护房外面停留了一下，他们只能从电视屏幕上看到躺在床上接受急救的国防部长的情况。许多医生护士在忙忙碌碌，对着插上氧气管的一具人体进行必要的处置。

几分钟后，蓝力士与安调员华立平回到办公室，蓝力士将刚才与国防部长谈话的录像播放了一遍。

华立平仔细地看着每一个画面，最后他将画面停住。

"你看看他的领带？"华立平叫了起来。

画面改用近距离的放大定影，就在国防部长的领带上发现了一个可疑的发光斑点，那可能就是被用来作为追踪器的隐藏设施。华立平将那盒录像光盘取去，以便进行研究。

这个突如其来的事件再度震动了菲里斯的人心，甚至在国际上也引起了轰动。在歌丽美雅的首都太阳城召开的紧急会议终于有了决定，由歌丽美雅的元老院发表了一项严正声明，表明关注菲里斯的内部动乱情况，为了解决与日俱增的菲里斯人民的生命威胁，终于决定实施大规模的军事援助。

声明中也同时严词谴责菲里斯长毛党的可恶，对于长毛党泯灭人性的暴行，呼吁国际人士一致声讨。歌丽美雅决定派遣机器人部队来参战，协助戡乱。

午夜时分，蓝力士在他的寓所里批阅有关的文件。当他接到有关自己国家即将实施大规模军援的指令后，他觉得自己肩头的重担加重了。在他内心深处所隐藏着的对长毛党的恐惧大概也是由于自己的间接接触——菲里斯国防部长身受重创，以及从电视上所见的长毛党的恐怖暴行，他们不惜在饥荒中残食同类，这是何等悲惨可怕的情景。

当然主要的原因还是由于世界性的生态灾难后所造成的空气不适合呼吸、土地贫瘠、农作物和其他动植物等恢复缓慢，人类为了生存，所有残存的原始兽性全部出笼。

上个世纪的灾难一直延续到了某些地区，所造成的后遗症足够令人毛骨悚然。他疲惫地靠在安乐椅上，想着故国的人与事，蓝美姬在丧夫之后所遭遇到的挫折，那个菲里斯少女茉莉，以及钟情于他的夏絮茵的姐姐夏绿茵，在歌丽美雅即使再悲哀的事看起来都带着美感，不像在菲里斯，一个千疮百孔、随时弥漫着恐怖与死亡的国度，充满了惊悸与悲惨。

3D影像电话突然响起来，除了菲里斯的最高当局使用这条特别热线与蓝力士联络之外，是不会有别的人使用的。蓝力士按下了按键，屏幕上出现的是菲里斯的总理林德乐。他很客气地向蓝力士说："对不起，这么晚了打扰你！"

"哪里，哪里，林总理！"蓝力士陷入沉思中的眼神一下子亮了起来，精神为之一振。

"是这样的，蓝团长，我们的安调人员在国防部长的车座里发现了奇怪的痕迹，也许您可以加以说明。"

"是怎么回事？"

"就在国防部长的车座钢板上，发现了几行白漆的字，写着你的名字，并且要你小心。"

"上面怎么写?"蓝力士为之心惊。

屏幕上显示总理正在召开内阁会议,一大群人在大厅里挑灯夜谈。总理的影像再度成为近景,灰白的头发配上很多皱纹的脸,以及忧戚的表情,让人觉得他心事重重。他清清嗓门说:"我们正在开会,讨论应付内乱的问题。刚刚贵国的安调局送来报告,发现了可疑的情况,我们必须尽快通知你。我代表菲里斯向你表达感谢之意,以下由贵国安调局局长向你说明情况,他现在人在这里,帮助我们调查处理这件事。"

安调局局长罗桑达是一个严峻古板的人,当他出现在屏幕上时,脸上的表情出奇地难看,好像蓝力士做错了什么事,正要对他发脾气。

"我想问你一件事,你是不是认识一个名叫香茉莉的菲里斯少女?"

"哦……"蓝力士感到事情有点突兀。当他定下心来仔细看着安调局局长那副兴师问罪的样子,才恍然醒悟。安调局莫不是以为他的交往有问题。他茫然地回应着:"我是认识,我在歌丽美雅认识的,怎么?有什么问题吗?"

"问题是,我们发现她是菲里斯的叛党,在歌丽美雅从事非法活动!"

"我的天,真有这回事吗?"

"我们只是初步证实!"

"现在人呢?"

"已经走了!到菲里斯来了!"

“罗局长，您特别告诉我这件事，有什么用意吗？”蓝力士有点沉不住气，嗓门也加大了。

“只是提醒你，今天菲里斯的国防部长车子被炸毁，是到你办公室访问之后才发生的，希望……”

“你是暗示我，我有嫌疑？”蓝力士不禁大吼起来。

“你的录像光盘上说明，你递给李维一箱营养丸，我们要好好查证一下。到底出了什么差错？”罗桑达不疾不徐地说，“你少动怒，我说的就是实话。你再看看另一个镜头！”

屏幕上继之出现国防部长被炸毁的气垫车全景，却在车子的底座发现了两排字：

菲里斯是属于长毛党的！

蓝力士要小心！

“现在你明白我讲话的用意了吧！”

“我是受威胁的人。为什么你们不明白？”蓝力士恼怒。对于安调局的活动，他是最看不顺眼的，如今他唯一害怕的是自己成了被调查的对象。至于安调局的情况他是略有所闻，它参与海外的各项活动，就像当年 A 国中央情报局所做的一般。

“我们是很明白的，就怕你自己不明白，你不知不觉踏进了陷阱！”

“你凭什么这样说？”

“香茉莉！”安调局局长罗桑达将香茉莉的照片放在屏幕

前对着蓝力士。

他愣愣地望着那双含情脉脉的眼所透出来的柔媚,仿佛骤然之间茉莉就在眼前注视着他。他开始怀疑自己过去的遭遇是否被预先摆布了,那四个被驱逐出境的菲里斯人说是她哥哥的朋友,难道茉莉真的牵扯到政治漩涡里面?他与她相逢不是一种偶然?

在沉寂了半晌之后,电视屏幕再度出现罗桑达那张看起来令人厌恶的扭曲的脸。蓝力士却佩服对方的耐性。他只有静静地领受安调局的训话。

"蓝团长,你要知道,组织是很器重你的,你千万别让人失望。我们期待你的支持与合作。你跟香茉莉很要好,她却跟署名'915'的人关系密切,我们想了解'915'到底是什么东西,是不是长毛党的代号?"

那个神秘的印记确实是困惑人的,蓝力士回想前前后后所发生的事,感到自己岌岌可危。面对安调局局长的诘难,他开始软化了。茉莉,茉莉,难道她会是猜想中的毒玫瑰,而不是清纯幽香的茉莉?

"罗局长,"蓝力士说,"现在我也说不出所以然来,请随时跟我保持联络吧!"

"保重,保重!"

第十五章　如蛆虫般的饥民

　　即使在夜晚灯光辉煌的时候，在广大的荒野之间，狮头马城看起来仍只是一只小灯笼。蓝力士的飞行车巡行在上空，俯望着菲里斯的首府，他心里沉重的忧戚是难以排遣的。

　　狮头马比起歌丽美雅的太阳城就像萤火虫对上电灯泡那般。假如再看看圆顶罩子里面的内容，更不知道怎样来形容它们的差异。以歌丽美雅人的生活水平来说，这里恐怕算是地狱之城。至于那些没有圆顶罩子的地区，人民所过的流亡困苦、战乱、饥饿的日子，只能说是地狱中的地狱了。

　　大批的难民如潮水般涌向狮头马。虽然每一条道路都有饿殍倒毙，却也有来求取生存，希图冲进里面攫取食物的人。遍地如蚁的两足动物，蠢蠢欲动，张舞着双手，以他们饥渴又愤怒的眼光射向天空，注视着那可望而不可即的飞行运输机。

暴动是在深夜两点钟发动的。蓝力士接到耳机电话时正在睡梦中，梦见回到歌丽美雅与妹妹蓝美姬相聚在一起，喝着从墙壁间自来水管流出来的果汁。只是一会工夫，他必须披衣而起，去面对着那些如蛆虫般活动的饥民。他的眼皮还是涩涩的。

"你们没有警戒吗?"蓝力士问身边的防护官缪天华。

"这是一次意外，在半夜发生的意外。"缪天华说，"我们的警戒太过松懈，以至于发生了事故。这些并不都是饥民，有很多是长毛党的人。"

从空中看下去，那些在月光下行走的人群，步履蹒跚、穿着破烂，声音即使再大，也掩饰不了他们的虚弱与疲惫。蓝力士听见他们喊叫着："给我们食物，给我们食物! 我们要吃东西!"他只能把那些人当作是畜栏里嗷嗷待哺的野兽以减轻他心头的不安。

大批大批的营养丸从天空中洒落下来，让那些饥渴万分的人获得及时雨。满足的呻吟从每一张嘴中发出来，交织成低沉而又辽远的回响。

镇暴组的飞行机盘旋在狮头马城外的上空，对着饥民软硬兼施，先是投以营养丸，再是喷洒使人暂时发昏的药剂，那些不知足的暴徒一直想靠近圆拱墙企图破坏，此刻都一一躺倒在地面。

"救济品已经运到了。"蓝力士的耳机中传来了声音，"营养丸不能填满他们的肚皮，还是靠现成的食物比较好吧！"这是他的副官明月光的声音。

几架巨型飞行运输机出现在天际，蓝力士开始向底下的难民广播。

"歌丽美雅的救济品来了，请大家忍耐一下吧！"

人潮汹涌着，朝狮头马城挤迫，在前面一片躺倒的人体前面停止，却又缓慢蠕动前移，似乎在试探着镇暴者的耐性。那些持着麻醉枪的卫士傻傻地站着，眼睁睁看着一批批的两足动物在呐喊、狂舞，卫士们手足无措。他们因为营养不良而又必须执行繁重的任务，与暴民的对峙僵持，终究使他们神经紧张、肉体疲累，更何况那些可怜的同胞又不是冲着他们而来，仅是为了寻求起码的温饱而已。

"暴动是怎样发起的？"蓝力士问身边的缪天华。

"谣言！有人散播谣言，说是狮头马要开放给所有的人进来。于是难民都从四面八方赶来了，真是可怕。"

蓝力士的飞行机停在一处广场上，他走出来，看见菲里斯的总理林德乐也赶来了。他咬着烟斗，在指挥卫士布阵防卫，并吼叫着："小心，守住你们的岗位，不要让他们再前进了。"

蓝力士在林德乐总理肩膀上拍了一下，抱歉地说："林总理，让你多操心了！"

林德乐回过头来，惊喜地抓住蓝力士的双臂，蓝力士指着天空上逐渐靠近的飞行运输机说："来了，救济品来了，你们可以放心了。"

"这些畜生!"林德乐喷了一口烟,抬头瞄了一眼已经开始降落的运输机,"总算有人来喂你们的嘴巴了。"

救济品很快从运输机里搬运出来,就地分送出去。林德乐总理以不满的声调对着麦克风广播:"各位同胞,请安静,请守秩序,你们需要的食物已经运到了,这是歌丽美雅好意送来的救济品,你们每个人都会有一份,请无论如何一定要守秩序,不要争先恐后。"

蓝力士在人群中帮助分送有关物品,那是一盒盒用透明的塑胶罐头包装起来的食物,里面是浓缩的肉类、菜蔬和谷物。那标签上注明是"人上牌",蓝力士记得妹妹蓝美姬养的猫就是用这种牌子。

难民们伸长着脖子排队等候着拿取食物,卫士们拼命吹哨子,以维持应有的秩序。林德乐总理的广播一次一次地重复着,嗓门儿几乎都已发干,面对一群群衣衫褴褛、蓬头垢面、身貌枯槁的家伙,他已尽量利用歌丽美雅救济品的吸引力来提醒难民,不要忘了在领取救济品之后赶快进入预先安排好的运输机,以便送他们到别的地方去。

"菲里斯要继续站起来,有赖各位的支持。"林德乐总理在麦克风上广播说,"请大家到别的地方去求生存,开垦土地,我们的外援已经到了,只要我们同心合力,不怕不能渡过难关。"

　　蓝力士也使用无线电指挥他的团员分散开来，四处分头发送救济品，以免拥挤。那些饥民们欢天喜地得到食物之后，纷纷按照指示进入运输机里，直到装够了数目，这种可以垂直起飞的巨型运输机便又飞上天空，将他们送到指定的难民区去。

　　男人拖着女人和小孩，有气无力地挣扎着，以他们枯若柴枝的手在领取到每人一份的食物之后，有些还不知足地徘徊在场边，要求更多的食物。那种"人上牌"罐头发亮的漂亮包装已够他们目眩神迷，有人当场就打开来，迫不及待地吃了起来。那狼吞虎咽的样子使蓝力士想起野兽争食的情景，还不如蓝美姬家的小猫吃东西时斯文。

　　食物！食物！这些人脑子里唯一存在的渴求便是食物！蓝力士站在一处坡地观看着混乱的救济场面，在他的内心深处想着，歌丽美雅的荣光是闪闪发亮的，照耀在苦难的人身上，援外部门所要负起的拯救事业正是人道主义的贯彻实施。然而，那些恐怖的如潮水般的饥饿人群，每一张嘴巴所能吞噬的救济品就像无底洞般难以填满。有人从别人手里抢夺，然后咒骂声掀起来："为什么抢我的东西！"

　　"东西又不是你的！"

　　一阵拳打脚踢过后，总有人会被揍得软趴趴地躺在地上呻吟。在这种情况下，好心的卫士们会走过去扶起那个弱者，并重新塞给他一包救济品。混乱是必然会发生的，所有的争执都只是因为人类原始的求生本能而起的。

蓝力士脑海里盘旋着香茉莉的影子，此刻她应该到了菲里斯，不知道她现在的处境如何，是否正如安调局局长所说的，香茉莉是长毛党派驻在歌丽美雅活动的一分子？那张清纯而质朴的脸充满了柔媚，仿佛带着芬芳。他对她的了解不多，却又那样地使他无法忘情。

蓝力士的副官透过麦克风在嘶喊着："'人上牌'的东西最好吃，大家好好地享用，别再闹事了！"

副官明月光兴奋地施放了一只发着黄色荧光的气球，在气球冉冉上升之际，一长条写着如下标语的发光的文字也跟着垂挂下来，看起来是何等的壮观：

人道与和平是歌丽美雅的宗教，
苦难人的永恒皈依。

突然，那只飞得高高的气球"砰"的一声爆炸了，气球随着广告文字牌直坠地面。

"怎么啦？"副官明月光叫嚷起来，用力跺着脚。

下一瞬间，在副官前面的一个分送食品处的人群聚集之处轰然一声巨响，火光四射，顿时天女散花一般的血肉横飞，惊呼与哀号之声此起彼伏。蓝力士正好在附近，当他赶到时，看见那些血淋淋的断臂缺腿的人体不禁吓呆了。副官明月光手抱着腰部，痛苦地咬着牙根喊着："肚子，肚……肚子……"

蓝力士蹲下来，打开他的衣服查看，明月光的两眼直直地望着天上那只银白冰冷的月亮，颤动着嘴巴，仿佛要喊痛，却没有喊出一丝声音，终于动也不动地躺在那儿。蓝力士转开了脸，脱下衣服将他盖好，继续冲进人潮里指挥急救。

正在他忙得晕头转向，汗流浃背之际，他的肩膀后面伸过来一只手，拍着他。他回头，看见的是一张强作欢笑的脸，染满可笑的油亮的污渍，是来自歌丽美雅的安调员苏立平。

几分钟后，蓝力士与安调员出现在菲里斯总统艾龙的官邸，在座都是菲里斯的政要，还有歌丽美雅的大使和安调局局长罗桑达也都来了。

"现在事情已经这样紧迫了，"艾龙说，"狮头马必须采取彻底的安全防卫措施，以免再发生不幸。"

"我们打算在城外埋设地雷，"总理说，"这是最好的安全警备措施，另外派兵到城外的重点据点驻防，所有其他的城市也要进行戒严。"

一幅巨大的电子标示图出现在巨墙上，显示出长毛党已经占领的城市。国防部副部长，以沙哑的嗓音指着那幅被黄色标记所吞噬的地图说："全国一百二十个城市，已经被占领了一百零三个，差不多是……是十分之九了，面积是百分之七十八，再这样下去，很不乐观，刚才已经抓到了六个长毛党，由于他们的破坏，使得我们损失了九名卫士，还有重伤的难民和其他人，正在医院……"

"在急救吗?"总统问。

"没有。"总理的烟斗冒着烟,显得他心里就像被火烧着了一般,"他们只是被送到医院里,医院……也等着接济。"总理的目光投向蓝力士,"我们还需要医药方面的救济,贵国送来了食物是……是不够的。"

在场的大使路易斯从西装口袋里取出一只芯片,将它插进激光放映机内,对总统说:"这是刚刚收到的我国总理的指令,请大家仔细听听,也许可以了解我国的立场。"

激光3D放映机原是歌丽美雅赠送给菲里斯总统的,当机器开动之后,浮空映现了歌丽美雅总理那张白里透红的脸,微带笑容,他整个身子就像站立在室内讲话:"菲里斯目前所遭遇到的紧急困难,我国必然会尽一切可能的力量来协助解决。拯救饥民、平定叛乱实在刻不容缓。根据报告,长毛党占领的地区都是贵国的精华所在,我国的机器人部队将在二十四小时之内赶到支援作战,但是贵国一定要遵守下面这一条件:对于今后人口的控制一律依照我国的方式处理,以免造成人口爆炸所导致的各项问题。这是我国坚持的一贯立场。"

"但是,但是……"菲里斯总统抢着说,"我们的人口管制也是相当严厉,我们规定不准再有过多的人口,每个生小孩的母亲都要经过核准,否则,我们不准她生育,不配给她口粮,让她自生自灭,除非她有天大的本领才能生存下来,否则,刚出世的婴儿难逃厄运。在狮头马城市的郊外,各位都可以很清楚地看到有许多饿殍，那就是我们过去所进行的控制措施。"

"这样还是不够的。"路易斯大使说，"要按照我国的方式。"

"你可以再说明一下吗？"

"过去递给贵国的备忘录已经提到过，那就是每一个人刚到青春期的时候就要加以'生育封锁'，直到人口数额与生产的数量平衡，不再发生饥荒的问题。当有人需要养育孩童时才设法打开'生育封锁'。换句话说，我们要做到绝对严密的生育控制，而不是网开一面，等事情发生以后才用配给口粮的方式来处置多余的人口。"

艾龙总统的表情凝结住了，他站在大厅中央，仔细倾听歌丽美雅大使路易斯所陈述的每一句话。他捻着胡须的手有点发抖，两颗失神无主的眼睛完全失去了他贵为一国元首的光彩。气氛僵住了，全场鸦雀无声。

最后，总理林德乐打破了寂静说："已经到了紧急关头，我想我们也没有多作考虑的余地，若是再耽搁下去，恐怕连狮头马也保不住了，那时候，再后悔也来不及了。所谓生育控制是绝对必要的措施……"

"你不怕亡国灭种吗？"艾龙总统伸出手直指着林德乐总理。

如一记闷雷打响着，在各人心里都产生了莫大的震动，总统的胡子翘起来，两颗眼睛骨碌转，环视众人，有着难以发泄的愤怒。

"艾龙总统，"蓝力士不禁插嘴说，"我代表歌丽美雅援助机构向您建议，不妨先行择定某一个区域试办，而没必要做全面的管制，逐步实施，也许就不会有不适应的情况存在。我们是站在人道主义的立场上才这样做的。"

艾龙总统涨红了脸，他的眼眶边因为过度的眯眼而显出重重的皱纹。有许多事情似乎是他所看不透却也无能为力的。最终的结果是他采取完全排斥的态度。

"不，我们不能这样做。"他说，"我们不能把人口控制的大权整个交给别的国家，那样等于宣告菲里斯的死亡，那样菲里斯所有的人都不再是原来的人，都已经成了另外的一种人。"

第十六章 寻找茉莉

　　狮头马城开始进行严密的戒严，以保持这个菲里斯首善之区的安全。在它的城外划定了几个区域作为布防地雷之用。所有的六个城门都派了重兵把守，空军也出动进行警戒与防卫，在长毛党所占领的地带边缘都是菲里斯正规军队所无法达到的所在，只有利用歌丽美雅的人造卫星侦测来探查长毛党的活动，再不然就是出动飞机轰炸。

　　从许多地方传来的报告都表明长毛党的血腥恐怖是令人发指的。当食物掠夺一空之后，长毛党便开始残杀异己，像一条嗜血的巨兽盘旋在大地，进行蚕食鲸吞。菲里斯人心惶惶，难民们开始向边境及以外地区逃亡。

　　歌丽美雅的机器人部队并没有很快地赶到菲里斯来协助抵抗叛乱，它的经济援助虽然不断地在狮头马城内及以外的其他地区进行，但是面对千千万万的饥民的无穷索需，几乎是每次一运来便被抢食一空。

蓝力士指挥的援助团奔驰在原野上。他已经感觉到这个国家面临穷途末日的可悲，尽管他已尽了最大的努力在进行推广所谓歌丽美雅的人道主义，将一袋一袋的食品、营养丸分送到每处救济站，但他还是提心吊胆，时刻警戒，以防止突如其来的恐怖事件。

在他的心灵深处不免时而隐隐浮现在歌丽美雅所遇到的那个神秘的女孩香茉莉的倩影。她一身的纯朴与芬芳深深地吸引着他，令他魂牵梦萦，他无法相信安调局的报告称香茉莉牵涉长毛党的恐怖活动。他从与蓝美姬的联络中知晓香茉莉确实已被递解出境，因为她并没有正式取得歌丽美雅的公民权，依照她的意愿被送回菲里斯的棕榈城。

棕榈城是靠海的一个北方之城，它属于长毛党的占领区。当蓝力士的飞行机跨越边界，便开始传来长毛党军方的讯问："请问你们到这里来干什么？"

"我是歌丽美雅的援助团团长蓝力士。我请求在棕榈城降落。我希望与你们的主管部门见面。"

飞机小心翼翼地盘旋在棕榈城的上空，一片青色地面散落着点点焦黄，那是被战火蹂躏过的遗迹。在望远镜的观察下，下面的人正在从事劳力工作、整顿家园，蓝力士无法想象这样一个恐怖集团所统治下的人们，将会穷困落后到什么样的地步。

　　飞机飞得更低，几支还是 20 世纪的落后机枪朝空中扫射，蓝力士得意地笑着："我在天上，他们又奈何我？"

　　确实，菲里斯落后得只能保有原始的地面部队，长毛党的空防也完全可忽略不计。从低空望去，那些荷枪的家伙队伍零乱而显得毫无生气，仿佛在烈日的照射下随时有被融化的危险。他们行走的姿态是软弱无力的，那副凶猛残暴的劲儿从外表上完全看不出来。

　　茉莉是在棕榈城吗？她现在的生死如何？蓝力士心怦怦跳着。

　　在他身边的安调员华立平牢骚满腹："你不应该冒险到这儿来的，万一出了差错可不是好玩的。我负不了责任！"

　　"我知道，你放心，一切有我在。"

　　"你要干什么？你想援助长毛党吗？"

　　"我说过了，我是在帮你调查长毛党的活动。有一个叫香茉莉的女人，她被遣送到棕榈城，棕榈城现在却沦陷了，难道我们不能设法与他们打打交道，让他们看看我们的威力，劝他们别再蛮干下去！否则我们就不客气了！"

　　"你想得真美。"

　　这时手机传来了回话，那是一道尖锐而带着愤懑的声音："你是歌丽美雅来的吧！你在天上可神气了！请问有何贵干？我们也需要援助，你为什么不援助我们？"

"我是蓝团长,请问你是谁?"

"无人不晓的白胡子将军,白胡子沾了鲜红的血成了红胡子,怎么样,你有胆下来吗?"

"我来请教一件事,有一位香茉莉小姐在你们这儿吗?她是由歌丽美雅政府派出飞机空投到你们这儿来的,我希望你们好好地对待她,不要拿她当儿戏,她是你们的人吧?"

"是的,她是我们的人,我们需要她。呵呵,难道你不知道她确实是我们的人吗?"

蓝力士感到自己一下子掉入了无底深渊,似乎飞机下面的原野在旋转,有若一支万花筒被打碎了。他所能想象的唯有一张纯朴清丽的脸庞以及那满含幽怨的眼眸的亮丽光芒在招引他,他不能沉迷在往日的境遇中,现实的答案使他泄气,纵使他再有多么强健的体魄,在他听闻有关香茉莉的消息之后也突然感到浑身虚脱无力。感情如海浪般地掀起泡沫,浮沉如幻。

飞机在飞回狮头马的途中,蓝力士沉默不语。他抑制着心头的忧伤悲痛,尽量使自己看起来若无其事,身边的安调员对他也不闻不问。显然的,安调员也早已窥知了他的心事。

地面上的城市仅仅在几天的时间里就烽火遍地,哀鸿无数。蓝力士所要求的军事援助不知为什么遭遇了延阻,来自歌丽美雅的指令曾要求蓝力士尽快部署军援措施,却迟迟不见军援来到。当然主要的原因还是由于菲里斯坚持由他们自己控制人口。

来自歌丽美雅的物资援助继续在进行，蓝力士奔波于每一个城市之间，鼓励人民提起勇气，为生存与自由不断地奋斗。那些枯槁的手、洞开的嘴巴、求乞的眼神几乎都是千篇一律地表达了饥饿与无助的悲哀。尽管菲里斯的土地在生态灾难之后，比歌丽美雅的要恢复得快，但由于先天条件不足，人谋不臧，造成了复建的缓慢，其中最主要的原因莫不是人口缺乏有效控制，以至于饥民演变成流寇、匪盗。

蓝力士觉得自己的处境越来越困难。当菲里斯的城市只剩下最后五个还在狮头马有效控制范围之内时，在林德乐总理的要求下，蓝力士不得不亲自回国一趟，以请求当局设法给予菲里斯军援，否则再这样子下去只有听任菲里斯灭亡了。

第十七章　狮头马沦陷了

歌丽美雅首都太阳城自由大道的欢乐节目达到了最高潮。那些身上背着降落伞的机器人从圆顶都市的顶尖上空的飘浮板上翻了几个筋斗后打开伞缓缓降落下来。五彩的烟幕同时施放，弥漫成迷人的雾霭，人们欢声雷动，犹如置身在迷幻的烟雾中陶醉得进入忘我之境。

当蓝力士的车经过自由大道附近的凯旋路时，他望着那悠闲玩乐的机器人对着身旁的菲里斯总理林德乐说："这些机器人应该多做一点事的。"

"他们可以打仗吗？"

"当然，只要上级下命令。"

在歌丽美雅总统的办公室里，蓝力士显得很拘束，幸亏有菲里斯的林德乐总理在身边陪着他。他满腔的不满亟待发泄，看见英怀德那副满不在乎的样子，他开始怀疑自己所寄托的领导者是否得当，所有伟大崇高的印象顿时全然消失。

"现在你回来了！"英怀德靠在摇椅上，眼睛瞪着天花板，"可有什么紧急的事情吗？"

蓝力士瞟了瞟林德乐总理，对他使了一个眼色，他清清嗓门，满肚子气直想发作，却又按捺着。

林德乐终于开口："是这样的，总统先生，我们的国家面临生死存亡的关头，我们需要军援。"

"贵国并不同意我方的做法。"

"请总统高抬贵手。"

"实在爱莫能助！"

"难道贵国以人道主义为号召，是否……是否……嗯……"林德乐的额头冒着汗，他已难以继续，不知道如何说下去，虽然是在舒适的冷气房里，他却还是感到脑袋在发热，汗如雨下。

蓝力士始终在旁边冷眼观看着，他已伤透了心。如果他能够开口多说几句而有助于局面的改善，他可以据理力争，如今回到国内，看到总统英怀德的这副样子，他连张嘴的冲动也消失了，甚至觉得坐在摇椅上的总统只是一个贪图享乐的机器人，被人牵着鼻子走的傀儡而已。

"你们当初不是说，机器人部队可以出动吗？"林德乐总理仍不死心，继续说，"刚才我看到你们的机器人还蛮贪玩的，正在表演节目。"林德乐说完，强装了一副笑脸，故作幽默。

总统英怀德的摇椅继续摇晃着,他的视线从天花板上的电子屏幕移下来,冷冷地投注在林德乐的脸上。

"怎么样?"总统说,"你们是不是还要坚持下去? 直到长毛党把你们吃光为止?"

林德乐总理沮丧地望着蓝力士,他已失了魂儿,不知道怎样继续说下面的话。

正在这时,总统办公桌上的红色警示板亮了起来,特别紧急的警铃音乐随之响起。总统的手按下了办公桌上的一个按键,浮空的3D影像显示的是一幅悲惨的画面,数不清的凶残无比的人,涂黑了脸,发出怪声怪调,汹涌着奔向街道,在烧杀掳掠……

在大屏幕旁边的另一个较小的屏幕是一名记者的愁苦的脸,他看起来是在飞机上向下观察。另一个浮空的紧急影像则是歌丽美雅元老院的季安国,他面对着总统讲话:"狮头马沦陷了,它被潜伏在里面的恐怖分子炸毁了圆顶保护罩! 总统先生,你应该为这件事负责!"

突如其来的消息犹如一颗巨弹炸开了,三个人都惊骇得不知所以。

浮空的3D影像显示出狮头马街道上的混乱情形,有人开着车子逃跑,却被投掷了燃烧弹,整辆车子立刻冒火喷烟。原始的刀剑武器晃动在暴民的手里,砍向仓皇逃避的无助人群。建筑物如火柴盒般在爆炸燃烧,烈火伸展向天空,就像要把上空的巨型运输机大口地吞噬掉。那只巨大的雕像——狮子头的马儿，两只眼睛在火花的映照下愤怒地注视着恐怖骇人的场面，然后，有烟火从狮头马的嘴巴喷出来，它健壮、结实、发亮的躯体顿时爆裂四散，在紫红色的天幕中飘旋着滚滚的浓烟烈焰。记者讲解，这些景象全是装置在狮头马城内的秘密电视摄影机所拍下来的。

歌丽美雅驻菲里斯大使馆的建筑仍然完整如初，它庇护了成千的难民，在它的屋顶上，飞行运输机装运着歌丽美雅的人员正在进行撤退。菲里斯的高级官员也在其中。艾龙总统失魂落魄地颤抖在寒风中，凝视着哀哀子民，泪如雨下。两位歌丽美雅的人员扶着他上了飞行机，总统的夫人嘶喊着、悲号着，疯狂地挣扎，拳打脚踢着说："我要我的儿子、女儿呀！我要……我要我的儿子、女儿呀！"身边的歌丽美雅军官安慰她说："他们遭遇了不幸，请你快走吧，再不走就会有危险的。"

飞行运输机穿破烽火浓烟交织的天空，消失在天际。歌丽美雅大使馆上的难民拥挤着，拼命要往上爬，他们唯一的希望便是由楼顶的飞机逃向天空，免得受到长毛党的威胁。然而电梯与楼梯在顶楼上面全部封锁住了，人们只能在每一个装满仪器设备的房间如热锅上的蚂蚁般盲目地乱闯。有人扭开墙壁间的水龙头开关，发现了好吃的果汁、牛奶就像泉水般地流出来，于是争抢着用双手掬起往口里送，直到水龙头里再流不出液体来。而人们的脸上、衣服上和手脚，却因争抢而弄得狼狈不堪，汗水与食物的汁液交混着，散发着异样的气味，每一个房间都攒动着如蛆虫般的人体，正在缩头、摆脑、喘气、胡乱地伸手踢脚，破坏东西，企图从这幢坚固的大楼里找到一条求生的出路。

在最后一架飞机起飞后，通往屋顶的自动门打开了，难民们涌出来，呐喊着，挥舞着双手，希图在绝望中抓到一丝希望。人群慢慢地聚集在屋顶，把每一寸空间都挤满了。围拢在大楼下面的长毛党部队，在知道歌丽美雅人员已经完全撤退之后，开始使用炸弹轰击这幢毫无警戒的大楼，冲天大火熊熊地吞噬了它，大楼墙壁间发光的广告只余下两行还未烧焦熏黑的文字：

人道主义是……

歌丽美雅的……

它看起来像旧日战争电影上的镜头一般，令人觉得所有发生的事情距离身边太远了。歌丽美雅的荣光曾经显现在区域国际事务上，它所宣扬的是和平与人道，在未到不得已的情况下绝不卷入战争，这或许是它聪明的做法，但是蓝力士却不以为然，他总觉得有不对劲的地方。屏幕上的画面逐渐混乱模糊，杂纹满布，显然是电讯设备逐渐遭受破坏而发生故障，最后趋于死寂，画面全然消失不见，只剩下冷冷的白光和闪动不已的波纹。

"总统先生，"看完了惨剧，蓝力士站了起来，欠欠身子，"您都看清楚发生了什么事。现在所有的救援都来不及了，我可以回家去了，不需要我这个援助团团长了。"

　　总统也站了起来，他几乎没有听到蓝力士的话，因为前面的墙壁屏幕上另一张浮空的愤怒的老脸正对着他虎视眈眈。蓝力士回头看见是那位 127 岁的元老季安国正在咬牙切齿，颤抖着声带说："总统先生，现在您瞧个够了吧！欣赏过电影可以起来走动走动干点事吧？"

　　"你想怎样呢？"总统英怀德铁青着脸。

　　"总该想点办法吧！不能就这样坐视不顾。"

　　"很简单，我们还要派员去救济，这是基于人道……"

　　"这不行的！"季安国的眉头皱得紧，两颗眼珠子染得火红，"我们不能再像过去一样徒劳往返，再像过去一样丢人现眼。"

　　这也许是一场激辩即将展开的信号，蓝力士看见总统的右手抓得紧紧地，当他再度松开时，手上捏着的一颗含有透明液体的药丸破了，掌间沾满了黏兮兮的液体。

　　"好好吃你的快乐丸吧！"季安国调侃说。

　　总统的脸由青转红，他用力拍了一下桌子，无意中触动了警铃，嗡嗡作响，电子控制的自动门打开了，走进来几个提枪的机器人。

　　"出去！出去！没你们的事！"英怀德总统挥着手。

　　顷刻间，那些不识相的机器人又迈开脚步掉头而走。

　　墙壁间其他的屏幕也纷纷亮起，都是各级首长的紧急报告，他们被临时召集起来举行一次重要的屏幕会谈。那个季安国元老还在喋喋不休地讲了些什么，蓝力士完全没有听进去。他激越的心情犹如大海澎湃，满脑子萦回着那些如牲畜一样的野人造成的恐怖惨象，到底是谁的过错？一个处处标榜着美好动听的口号的国家，在菲里斯的最后关头却坐视让它沦亡，菲里斯败得这样惨、这样快，不只是晴天霹雳，简直是地裂山崩。最后，他先告辞了，留下来自菲里斯的总理林德乐在总统的办公室。

人口局大楼的墙壁挂出了鲜红的数字灯：

本日人口增加数：502人。

增加原因：收容来自菲里斯的难民。

蓝力士的车子在人口局对面的广场停下来。他看见许多示威的群众拿着招牌，愤怒激昂地在吼着，他们的脸因为过分激动而变得扭曲泛红，他们的语气因为身强力壮而显得特别尖锐洪亮！

"菲里斯人滚回去！菲里斯人滚回去！"

"我们不需要人渣！"

"歌丽美雅要保持纯净的乐土！"

"这条小船容纳不了过多的人口！"

蓝力士觉得好笑，他口中叼着香烟，那是一种使人镇静和愉快的香烟，他干脆抓住其中一个少年的肩膀，递给他一只。

“喂！要不要？来一根吧！”

少年瞪眼看他，拿走了香烟，蓝力士为他点上了火。

“怎么？你们精力过剩？”

“这是免疫反应！”

“你说什么？”

“就像免疫反应一样，人体细胞碰到外来的组织或细菌会起来攻击，呵呵，就是这么一回事！”少年喷了一口烟，他的精神显得那样轻松和满不在乎，就像他们正在做例行运动而已。

少年走开了，继续去做呐喊示威运动。蓝力士靠在栏杆边，享受着保护罩里的空气和阳光。在他耳朵里塞着的超小型无线电接收器传来的是有关元老院开会辩论的经过。对于菲里斯在一夜之间完全被长毛党攻占，元老院的激进派以季安国为主，正在大声疾呼，谴责以总统为首的人士，由于他们的疏忽与拖延造成菲里斯沦陷，这是最不可原谅的过失。他要求元老院的元老提案，重新设法拯救菲里斯的难民。

然而激进派的声音毕竟只是少数，歌丽美雅为了自保，大多数的人都认为对于处理国际事件应该小心为之，歌丽美雅不能再犯过去老A所犯的错误——盲目地扩充，不自量力地施予贫穷国家援手，终会导致本身力量的削弱，这就是元老院保守派的论调。但是他们对于这次菲里斯的遭遇也自感惭愧，没有能够尽到挽救狮头马危难的责任，他们归咎于安调局情报的失误，狮头马的安全被认为是毫无问题的。歌丽美雅宁可闲着机器人部队，也不愿去干涉邻国的内政，除非是在极端必要的情况之下，除非菲里斯能够按照歌丽美雅所要求的绝对接受严密的人口控制，出兵去打仗才具有意义。

蓝力士把耳朵里的无线电接收器取出来，以便可以更清楚地听到这群充满朝气的青年的喊叫，仿佛眼前发生的只是一出舞台上的闹剧，所有抗议的声音与行动只是年轻人精力的发泄。

在人口局下班的时候，蓝力士守在出口处，等候着妹妹出来。当一个熟悉的身影出现在大门口，他以稳健的步伐走下阶梯，他向妹妹挥了挥手。

蓝美姬兴奋得差点滑了一跤，她叫了起来："老哥，你真回来了!"

第十八章 忧伤的茉莉

　　狮头马的圆顶罩子像一只打破的巨碗，仍覆盖在断壁残垣的周围，所有城里的人们看起来更像有气无力的野兽，在街道上、在冒烟着火的房屋里攒动游移。肆无忌惮的烧杀掳掠使长毛党统治的地方变得更加混乱、凄凉。

　　当战火平息以后，余下的无纪律的士兵和百姓们穿梭在每一幢房子之间，寻找财物和食物，看起来更像一只只野兽，为了觅食和掠夺，每一个人的双眼都睁得大大的，尽量提起精神，拖着疲惫的身体在废墟中打转。

　　天空是紫红色的。自从 2095 年生态大灾难以来，这里的天空便经常出现这种浪漫而又阴惨的色泽，尤其在黄昏以后，让人觉得是置身在另一个星球。而今，在长毛党的攻击过后，这儿的残破景象更显得凄凉，一片片烧焦的墙壁间沾染着未干的血迹，在天光的映照下闪着血红的生命余晖。

"你听见吗?"一尊沾满灰尘与血污的石像似的人在说。

"听见什么?"另一座石像回答。

"戚将军已经答应了……"

"答应什么?"

"答应给我们好日子过，只要我们听话。"

另外一个人躲在一堵断墙后面，他探出了头，目光正好对上了落日。他觉得一阵眩目刺眼，眯起了眼睛，出乎意料的，有一团黑乎乎的东西在头上掠过，他赶紧低下了头，却碰上了墙壁上一块突出的东西。原来刚才只是飞过一只乌鸦。

"怎么样? 老家伙?"

"我疼，我疼!"

"别吵，别吵，我帮你揉，我帮你揉。"

"不要紧，不要紧，我倒是担心女儿!"

"茉莉是好女儿，她会没事的。"

"当然，戚将军是爱她的，拿她当宝贝。"

"这是谁说的?"

"我只是听她自己这么说过。"

"老天，我可不相信那个魔鬼!"

"你不相信，但是我们总算自由了。让我们站起来吧!"

两个人影牵着手，慢慢地从阴暗的角落里走出来，街道上已经有零星的灯光亮起。骑马的武士佩着刀剑、背着枪，巡视着残破的街景。天空划下了闪电，两个在路边牵手的人影略一停顿脚步，两张流露着骇怖惊惶的脸互相对望了一会儿，彼此又不禁莞尔。

突然，他们看见蹲在街头的一堆人，围聚着正在生火烤肉，饥饿使他们频频咽口水。

"来吧！来吃吧！一起来吃吧！"一个沙哑的声音喊着，站起来，取出一块刚烤过的肉，伸得长长的，要他们过来拿。

"不要，不要！"男的拉住他的伴侣，"云云，你忘了他们在吃什么！"

香茉莉的母亲云云捂着嘴巴起劲地咳嗽欲呕。火光照见她沾染灰尘的脸。她别过脸去，面向着黯淡的街道，几辆车子徐徐开过来，沿路丢下一包包的东西。

"'人上牌'的食品。"车上的人喊着，"是老歌的好东西！艾龙留下来的！"

"戚将军赏给大家的！"

"好日子就要来到了！"

在车上的人沿路用麦克风喊叫着招引来自四面八方的人潮过来抢食。车队中间有一个高高壮壮、威风凛凛，留着络腮胡子的大汉，以不可一世的样子昂头注视着群众，认识他的人都对他怀有一股敬畏，在他经过时以微带颤抖而显得无力的声音喊道："谢谢戚将军，谢谢戚将军。"

那位戚将军更加志得意满地露着狞笑，张开满口闪亮白牙的嘴，频频说着："凡是跟随我的人都有福了，再也不必看艾龙的脸色。我答应大家的，狮头马要为大家开放，狮头马是属于所有菲里斯人的，而不是艾龙的。"

脸色苍白的老女人云云拿到了两包食物，她分给老伴儿一包，两个人就站在廊柱下吃起"人上牌"的食物，味道倒蛮鲜美的，一边谈着女儿香茉莉的事，关心她在歌丽美雅的安危。苍白女人流着泪，眼前的景物模糊不可辨识，那个高大的站在车上狂喊大叫的戚将军，在她看来不过是一团怪魔暗影，她不自觉地想起女儿被他掳去，此刻不知身在何方。

当戚将军的车子驶近时，有一股难以遏止的冲动使她冲向前去，在他面前喊叫："还我女儿来！你……你到底把她怎么样了？"

身后的丈夫赶紧跟着跑过来，从后面拉住她的衣领，怯怯地望着那高高在上的大汉，赔着笑脸说："冒犯了！冒犯了！戚将军，请你别当真吧！"

"你们是谁?!"大汉吆喝一声，两个眼睛冒出了火光。

"我们是香茉莉的父母！"

"香茉莉?"戚将军思索了半晌，终于挤出了一丝微笑。"香茉莉为我们做了很多事情……香茉莉的爸爸是了不起的科学家，哈哈，不想再囚禁你，放你出来是应该的……"

"快说，她现在在哪儿呢？"

"别这样不礼貌，我叫人放你们出来，可不是要你们四处捣蛋的!"

"戚将军，可不可以……"香茉莉的父亲香贝克哀求着，"让我们去见见她?"

"走吧!"戚将军把手一挥，另一只手从他的口袋里掏出一只铜牌，丢过去说道，"拿这个到永康镇去找青龙司令。你们为我炸毁了狮头马的墙壁罩子，实在了不起，我派一辆车子送你们过去!"

戚将军后面的一辆车子开了过来，打开车门，扶起两个老人家到里面坐着，发动马达走了。

战争洗劫过的原野呈现着残破与冷清。在夜晚，厚重的云层黑压压地罩在头顶上，有风在追赶着，从车窗望去，天顶上是一大片汹涌的海浪般的乌云，有时还伴有青闪闪的电光从天际划下来，随着几声几乎要爆裂人心的巨响，直把人震得发昏。

茉莉的父亲香贝克吃着分配的食物，心里却在牵挂着女儿的安全，一幕一幕的往事浮现在眼前。他们夫妇是被强迫送入狮头马做联络与爆破工作的，如果不做，就威胁对他们的女儿不利，茉莉的父亲身为科学家也一度被莫须有的罪名软禁。戚将军以一个冠冕堂皇的理由安抚他：狮头马是菲里斯的心脏、神经中枢，一旦毁坏，菲里斯就不必再受艾龙的钳制，菲里斯便可以人人有饭吃，不必挨饿、挣扎、受苦，整个局面就将改观。

然而，当狮头马城被毁以后，他们见到的可怕景象是从未见过的。在狮头马居住了将近三十年，他们大抵还算过得安安稳稳，可因为女儿茉莉落入狮头马潜伏的长毛党的手掌，两个老人只有活得乖顺，诚惶诚恐。茉莉的父亲研究的半成品可以停止人体机能伪装死亡的药物被利用，行动被控制，而他也因为这样遭到了恶意指控。在茉莉到了歌丽美雅，狮头马城攻破以后，他们目睹了残食同类的惨相，实在是令人胆寒。

原野上有烟火上升，那一团团的雾霭弥漫在倾圮的残壁与堆石之间。白光一闪，偶尔见到罗列的成堆枯骨被弃置，活人蹒跚地站在一边，好像在捡拾着地上的食物。那就是原先歌丽美雅的援助团空投的"人上牌"营养品。

青龙司令部的军队驻扎在永康镇的郊外。夜晚的营火生得亮亮的，成群结队的士兵在狂歌乱舞。四个站在花岗岩上的勇武年轻人，挥动写着"915"的白色旗帜呐喊不已，声音急躁而亢奋，充满了激情。

"狮头马是我们的！"一个人喊着。

"菲里斯要起飞！再起飞！"另一个人手脚配合着可笑的动作，做出在空中飞行的样子。那人的脸上还贴着两片纽扣大的荧光纸，发着红光，看起来像个小丑。

"进军呀！我们要再进军，再建设！"第三个人叫着。

"打倒歌丽美雅！打倒歌丽美雅！打倒……"第四个刚要

一连喊下去，便见到青龙司令骑着马儿神武地奔跃而来，并朝他们挥手。

"快别疯了，你们四个人！"司令厉声说。一管冒着烟火的枪拿在他手里，直指着四人。烟火幻化成灿烂交织的五色迷雾，照亮了周遭荒凉的景色。

四个人放下了旗帜，从巨岩上跳下来，向青龙司令行了一个军礼。

"有什么吩咐吗？"高个子问。

"香贝克夫妇来了，我刚刚接到报告。"

"来干什么？"

"来要回他们的女儿。"

"那就还给他们吧！"

"戚将军有令，要好好款待他们。"

就在他们说话的时候，暗路上亮起两个灯，直射过来，一辆车子逐渐靠近。听那艰难的引擎声就知道它已经使用了很多年，或是曾在战争中受过创。车子就在青龙司令旁边停下，引擎停止时像害了气喘病一般，咯咯几下子才不情愿地停止了噪音。

香贝克佝偻着背，蹒跚地走向前，他手里拿着戚将军交给他的铜牌，怯怯地望着骑在马背上的人。

"他们说你是青龙司令，我可以在这里找到我的女儿。"

"是的，我就是。"青龙司令下了马，接过香贝克手里递过来的铜牌，"我知道你们来了。我叫部下带你们去！"

天上的闪电照见两张惊恐的老人的脸，他们的欢喜之情被皱纹拉开、扩散。

在一座废弃的太阳能发电站建筑里，两个老人被里面的现代化电子设备吸引住了，有机器人在走道上走动，忙碌地搬运器材、焊接机件或测量检验不知名的仪器，看起来倒蛮热闹的。

"往前走，在走道尽头，向右转第一间就是！"机器人回答了青龙司令部下的询问。

四个怪模怪样的家伙吹起调皮的口哨，摇头摆脑直拖着两个老人家向前走。他们打开了门，让两个老人进去探望女儿。

"茉莉！"脸色苍白的母亲喊着，冲向躺在床上的女儿。

茉莉拨开如云的秀发，在突如其来的惊喜中从床上跃起，扑向衣服破烂不整的母亲怀抱里。

"茉莉受苦了！"父亲的老眼掉着泪，淌在面颊上。

"他们说……你们被……被抓到狮头马去了？"

母亲抽噎着，痛苦地挣扎着要讲话却讲不出来。所有心里的苦楚全让突如其来的兴奋给堵住，她不大相信自己怀中的人会是被利用了很多年的女儿，如今还完完整整地在这儿。

"是的，"父亲说，"我们一直在狮头马！"

"那么，是你们把城市的保护罩爆破的？"

"我们参与了。"父亲呜咽着说，"是我们……"

"为什么？"

"因为……他们说，若不这样，就见不到你了。"父亲走过来，用手轻抚着那张趴在母亲肩膀上的小脸。

茉莉哭得更起劲，她伤透了心，她记得，她曾在世界上最美丽的都市——歌丽美雅的首都太阳城生活过，那里充满了快乐，只有紧随在她背后的阴影使她深感不安。那是一个何等富足而完美的国度，但她却因为执行了长毛党所交付的任务而被驱逐出境。

"我也是……"茉莉哭着说，"他们说，为了你们的安全，我必须在歌丽美雅工作。"

"女儿呀，你做了什么？"母亲推开了茉莉，以细眯的眼睛注视着那张挂满泪水的脸。茉莉回答道："就是要得到一些科学机密和国防机密，这是歌丽美雅当局所极力隐瞒的机密，尤其是有关他们的最高决策。我曾经试图与高层人士认识，但是，我忘不了一个人……"

"女儿呀，你有了身孕吗？"母亲问。

茉莉低下了头，久久不语。她想着自从在歌丽美雅因为涉嫌偷窃科技机密被驱逐出境以后，她倒觉得自己心安理得些。她尽管留恋在歌丽美雅的舒适日子，却不愿常常怀有排遣不去的罪恶感，她要完完全全地做自己的主人。然而，当她回到菲里斯以后，所有的一切全部变了。那位她所钟情的蓝力士早已因为菲里斯的沦陷而不在此地。从许多消息中她知道蓝力士在找她，但是一想到以歌丽美雅人的优越感睥睨世界，她就自感渺小自卑。她不能再对蓝力士存有任何幻想，她之所以接近他，也不过是为了执行任务，希望从他那儿得到更多的信息。因此，母亲几乎把她问得愣住了。她现在唯一可以寄托的希望便是她肚内未出世的婴儿。

在这个用血洗过的国度，耕地面积与人口的比例又比以前更加平衡了。菲里斯长毛党的领导人戚将军，开始透过第三国要求歌丽美雅实行物资援助。他所开出的条件是：完全接受歌丽美雅所提的人口控制方案。

歌丽美雅的元老院就是否援助菲里斯展开了辩论，火药味充满了整个会议场。

其中，以总统的亲近派人士所组成的集团对于派出援助团再度施行救助的声浪特别大，理由是："歌丽美雅只要能够掌握控制他国人口及粮食的枢纽，便可以达到百分之九十以上的全面管制。"

"人道主义是我国立国的基本方针！"英怀德总统最后通过电视向全国广播，"为了不使菲里斯的人民再受不必要的苦难，为了实践歌丽美雅的立国传统，我们应该毫不犹豫地再度援助菲里斯。只要菲里斯将来能有美好的日子，只要他们的人口不会变成我们的累赘，这是值得尝试的。元老院终于通过这项决议并交给行政部门来执行。"

　　蓝力士听到广播时正在前往长青城的途中，他的身边坐着夏绿茵，一个结过五次婚的女人。她以特有的媚惑紧紧缠住蓝力士，也许希望从他身上得到一点什么。她总是能够在适当的时候遇见他，并且约他同行出游。对于一个曾经出生入死的英雄，一个浑身肌肉与内脏是百分之百"原装货"的人体，又是这样富有个性且坚强、雄壮的男人，她是万分渴慕的。

　　"你听到了吧？蓝力士。"

　　"怎么样？他们还想派我出去吗？"

　　"那就难说了！"

　　"你可以再去找季安国元老看看，也许他可以为你想点办法，你可以不必再出去！"

　　"这回我是很生气的，我要违抗命令！"

　　"你是人才，国家需要你！你总要面对现实呀！"

　　"我不明白，为什么他们不派出机器人部队去后援狮头马呢？那是最有效的方法，什么避免干涉他国内政，什么要求对方接受我们的人口控制方法，完全是托词吧！我已经失望透顶了，我实在不想再干这份差事。"

　　抵达长青城时，街道上的灯光亮得犹如白昼，成排的大楼闪烁着华丽的辉彩。马路上整齐干净，所有的行人也都井然有序地在电动人行道上移动。蓝力士听到自己妹妹所说的有关胜利女神像上面的神秘记号之后，也兴起一股好奇之心，想到里面来看看。然而，当他们抵达胜利女神像的顶楼，再爬进神像的巨大臂膀里面时，却并没有看到蓝美姬所说的印记。也许安调局的人员早已发现而加以处理，墙壁上有刚刚粉刷过的痕迹。

就在他们走出胜利女神像楼下的大门之时，蓝力士怀中的手机响了起来。他打开了通话器。

"蓝力士，你在哪里呀？我们在到处找你！"是援外司司长的声音。

"我不想干了！"

"别这么说吧，请你来一趟！"

"我不会去的！"蓝力士关掉了通话器。

夏绿茵在他身边耳语："别理那些烦人的事，我们去水上乐园吧！"

蓝力士心灵深处充满着深深的愧疚与怨恨，菲里斯整个国家被毁，所有歌丽美雅的人道措施无法挽救那些被蹂躏的可怜生命。他不愿再回想往事，触碰往事，夏绿茵的温柔体贴也许可以暂时让他忘记不愉快。

他过去所到过的国家中，人民都是心悦诚服接受援助，并且视歌丽美雅为无上的荣耀之邦，没有想到菲里斯之行落得如此悲惨的下场，他心中的伤痛永远难以抚平。

只要他闭上眼睛便可以看见菲里斯人饥饿挣扎的惨况：可怜的母亲抱着婴儿，无助地等待施舍，婴儿吮吸着干瘪的乳头，连啼哭的力气也使不出来，就那样软趴趴地攀着母亲，没有人可以救他们。当歌丽美雅的救济物资运到时，暴动由长毛党策动而起，副官明月光当场惨死，人道主义的执行者所付出的代价未免太大。回到歌丽美雅，远离那龌龊而残酷的世界，毕竟有进入天堂般的舒畅，就怕往事的阴影偶尔会偷偷地溜进脑海里，他必须设法逃避。

"你在发什么呆呢?"身边的夏绿茵一语惊醒了他。

他们到了水上乐园，成群的穿着泳衣的人在泳池里戏水追逐，也有飞车破空而过，人们张开双手，享受着飞行的快乐，轻快的音乐回旋在空间。这个世界绝不是歌丽美雅不费吹灰之力建造的，它也绝不是菲里斯的苦难的老百姓所能想象的。

他挽着夏绿茵，走进一艘小型潜艇，开动马达，在水晶宫里观赏奇景。人造的水底世界养着各种鱼类，它们都是在生态大灾难时幸存的。它们悠然自得的样子可见所有歌丽美雅境内的生命体都像活在温室里受到绝佳的保护。

夏绿茵靠过来倚着他，伸出白皙的手搭住他粗大的手掌，她眼眸中漾着迷人的水波。

"怎么样?你还想结婚吗?"蓝力士问。

"要找个好人结婚可不容易，我已经嫁过五个人了……"

"我可不希望成为第六个。"蓝力士说。

夏绿茵傻傻地笑着，脸上泛起了大片红晕。她看来并不在乎蓝力士说的话。

"季安国怎么样?"蓝力士问她，"他是个好元老，言论很正派，很讲义气，他是可以信赖的一个好人。"

"你离开本国的时候，我和他好过一阵子，但是，你是知道的，他的身体器官大部分是人造的，有许多不方便……"

"哈哈哈，你在开玩笑。"

"真的，这是我的感觉。"

"女人只是感觉动物，难怪。"

小潜艇里面自成一个世界，有饮料和食物，更有轻柔富有情调的音乐，灯光是罗曼蒂克的幽淡，泛着浅浅的紫色。蓝力士握住夏绿茵的手，他的目光与她交接，似乎有看不见的火光在空间中交迸。

两颗心在燃烧着。

小潜艇逐渐浮出水面了，难以言说的情绪破茧而出，突然涌起的冲动，使得蓝力士伸出臂膀搂住夏绿茵的腰。正当他想凑过去亲吻她鲜红的嘴唇之际，潜艇内的紧急呼叫铃响起，同时，耳机电话里也响起了"叮当，叮当"的音乐铃声，每一记响声似沉重的铁锤击打在蓝力士的心上。

"这算什么事，这么烦人！"

蓝力士咒骂着，眨眨眼打开通信钮。

"总统要跟你说话！"是麦甘纳的声音，那个穷追不舍的援外司司长，"蓝力士，你好好干，别再闹情绪啦！"

"我没闹情绪，只是很痛心。"

"你别这样不礼貌！"

"我不想干了，我打算退还服务证。"

"在你还没有辞职之前，请听总统讲几句话好不好？"

"嗯……你要我怎样呢？"蓝力士有点软了。

"先听总统讲几句话好不好？"

蓝力士不情愿地说："好吧！"

总统的声音传过来："你记得吧？有一个菲里斯的女孩子叫作香茉莉的？"

"哦……"蓝力士顿时感到浑身火热，耳朵也竖了起来。"我认识她的。"

"你岂止认识她，你……甚至和她很亲密。"

"你混蛋！"蓝力士差一点就骂了出来。

"我说的没错，我只是想提醒你，香茉莉可能怀有你的孩子！"

"什么？你在说什么？"

"因为香茉莉是菲里斯的侨民，拿的是我国的居留证。长效避孕针是每三年打一次的，她已经过期了，再加上你也是长期居留在外，你上次回来，也延迟做避孕的处理。因为你一直以为凡是居住在歌丽美雅境内的人，不管男女都做了避孕措施，所以你就疏忽了。"

"总统先生，你能确定吗？确定……她怀了孕吗？"

"这是安调局送来的报告，她目前居住在永康镇，跟她的父母在一起，你不相信的话可以去找她。"

蓝力士沉默了半晌，他啜了一口果汁，瞄一瞄身边的夏绿茵，一个丰满而成熟的女人，闪动着长长的假睫毛，以微带不满的眼光看着他，似乎在表达她的抗议。蓝力士的一只手从女伴的腰间收回来，正色地说："总统先生，请问您亲自打电话来找我，是有什么指示吗？"

"我们希望派你前往菲里斯去执行经济支援工作，在我国与菲里斯新政权没有正式建交之前，你是大使的身份。"

蓝力士听了直想作呕。他仿佛看见自己站在死人堆里，半露骸骨的残破肢体四处罗列，散发着恶臭，自己好像成了死人国的王。他极不愿意再回那个地狱之国，但是想到自己与那个菲里斯的女人的爱情结晶，此刻正在孕育成长中，却又是无奈混合着喜悦，苦涩的心在扭绞。

"谢谢总统先生！"

电讯关掉了。蓝力士转过身，轻轻地在夏绿茵额头上吻了一下，他闻到沁人心脾的香水味，而她的嘴角紧抿着，有泪珠从眼眶掉落。

第十九章　雪地上的悲剧

　　太阳城的圆顶罩子外面堆满了白皑皑的雪，刺目亮丽，连远远的山峦都像透明的琉璃，整个外面的世界有如童话幻景，深幽、雄奇、富于美感。在几个月前这里还是沙漠地带，一片酷热荒凉，天气说变就变，断断续续地下起雪来，没有多久，整个大地已成为冰寒的雪原。

　　铲雪车在圆顶罩子的墙边操作，推走挡住玻璃墙的过高的雪，以免阻碍室内的阳光与视线。机器人在车内工作，就像玩游戏一般轻松愉快。

　　"一部、两部、三部、四部……哇，好多好多大车子在外面！"小珠儿喊叫着，拍着她的小手兴奋得跳起来。

　　蓝美姬站在哥哥蓝力士身后，跟随着队伍慢慢往前走。通往野外的第一道闸门打开了，许多人在夹层壁板间穿起他们的寒衣，准备滑雪装备。几分钟的工夫，第一批人高高兴兴迎着冲出去，也有人开着雪地飞车以似乎火箭发射般的勇猛与雄壮气势，猛击而出，有如关了几十年的囚徒被释放的狂喜。

"妈妈，"小珠儿问，"外面到底有多大呢？"

"外面很大很大。"

"外面也有圆罩子吗？像我们住的地方一样？"

"外面没有罩子，外面很冷。"蓝美姬低头亲了亲小珠儿，"所以要机器人去做工。我们是去玩的。"

"外面怎么会有好多白白的东西？！"

"那是雪呀！"

"什么是雪？"

"到时候就知道了。"

第二道闸门打开了，游客鱼贯而出。在这里，他们透过单层玻璃罩子将外界的景物看得更清楚。蓝力士迅速地跳上一辆停在近处的雪地飞车，将它开过来，让蓝美姬与她女儿坐进去，关上了舱门，驶到通道上。第一道闸门开启后，他就开着车子风驰电掣般冲出去。

"时速一百六十千米？"蓝美姬看着速度表，好奇地问他，"老哥，你开这么快干什么？你想飞起来吗？"

小珠儿摇晃着身体，频频叫好。蓝力士没有吭声。

一片冰天雪地白茫茫的世界，许多歌丽美雅的运动者分别以各种工具在玩乐。蓝力士只是出于一种不可解的冲动，他要发泄，使自己积聚的郁闷畅畅快快地在机器的滚转中飞驰而去。

天色清澈，地平线朗阔无比。他凭空想象着这个富于诗意的环境，人们生活在无忧无虑中，很少有人像他一样到过那么多的国家，向千千万万同胞伸出援手，代表歌丽美雅的人道主义精神，接受那么多的欢呼与尊敬。然而他真正感到愤懑的却是在菲里斯的遭遇，那种惨不忍睹的地狱景象，使他常在梦里惊醒。现在当他开着雪地快车尽情地驰骋，显然感到自己的心胸开阔了。那种长期生活在温室内的狭隘且难以屈伸的感觉真是莫大的压迫。

"你知道'915'到底是什么吗？"蓝美姬又问他。

"我听说过，是香茉莉告诉我的，是个邪恶的印记。"

"我受了它的困扰，常常感到不安。它到底想要拿我们怎么样呢？"

"也许要去问香茉莉比较清楚，我就要到菲里斯去了！"

这时候，蓝力士发现旁边有一辆飞车驶近，车窗里的人影是他所熟悉的夏绿茵，正向他挥手致意。在夏绿茵旁边还坐着一个老人，那是他曾见过一面的季安国元老，他以一百多岁的年龄，仍然得意地坐着飞快的自动驾驶车，好像蛮快乐的。

突然，旁边的车子加足马力，渐渐把蓝力士的车子抛在后面，车底扬起雾般的雪花，迷迷蒙蒙一片，白光四射，有如在对蓝力士示威。估计它的时速已经逐渐加快到一百九十千米以上。就在它拉开了好一大段距离，逐渐远去之时，那喷射着白冰碎末的影子突然发出一声爆响，轰然之声震耳欲聋，顷刻间机件残骸迸裂四散，地面也炸开了一个大洞，烟火与雪花交织，冲向天空……

"啊!"蓝力士叫着。

"怎么回事?"蓝美姬随后发现了前面飞车的意外。

"爆炸了! 怎么会?"

蓝力士的飞车很快在爆炸地点停下去。他匆匆跑出来，冰寒干燥的冷风就像刀子刮在脸上一般。他呆呆地站在满是焦臭烟味的出事地点，捂着嘴，拼命咳嗽着。

此时，蓝力士的身后传来蓝美姬骇厉的怪叫，她好像失了魂儿一般尽她所能地发出尖锐曳长的声音。蓝力士赶紧回过身去，要去劝慰妹妹，却不料他的脚底踩了一团圆鼓鼓的东西，他绊了一跤。他再度爬起来时，看见一颗缠着乱发的头颅，沾着猩红的血水与碎冰，缺牙的嘴洞，舌头弯卷着，似殷红的肉带，半露在外面，使蓝力士想起被藤蔓缠住的破西瓜。

"这个人头是夏绿茵的! 这个人头……是夏绿茵的!"

他的胃里一阵翻绞欲呕，连吐了几口唾沫，快步赶到妹妹身边，拍拍她的背部："不要看，不要看，你跟小珠儿躲在里面。"

蓝美姬不停地哭泣，紧紧地抱住小珠儿。蓝力士将飞车的门重重关上。自己再奔向前来处理的警员。

"怎么回事呢？"一个警员问他。

"我怎么知道？我怎么知道？"

"你在他后面开车吧？"

"是的，我是在他们后面。"

"是怎么发生的呢？"

"你问我，我问谁？"蓝力士无名火起，瞥见救护飞机已远远地开过来，正在准备降落。他情绪过分激动，只觉得突然而发的恐怖事件，是不应该在这个地点、这个时候发生的。他的身体在寒风中颤抖得似即将倾圮的墙，看热闹的群众的喧嚣声听起来是一阵嗡嗡嗡的噪音。

"他是蓝团长，援助菲里斯的蓝团长。"群众中有人叫起来。

警员抬头细细端详着他，把他压低的防风帽推高了一点。警员赔着笑脸，调侃着："不错，你现在要救援的——就像这些尸体。"警员转转身，指着散落地面的一块一块的血肉和汽车机体的残骸，故意幽他一默。

"去你的！"蓝力士掉头而去，迈开脚步朝着他的雪地飞车走去。他忍住了，差点没有挥出拳头打在那个警员身上。

蓝力士回到飞车座舱。蓝美姬脸色青一阵白一阵，她抱着怀中的小珠儿啜泣不已。

"走吧！我们回去了，美姬不要哭了。"

挡风玻璃上卷起了飞瀑似的雪粒，咻咻的风声扫过，犹如凄凉悲切的野兽嚎音。雪原上，凌乱的人影在狂奔疾驰，面露仓皇之色，许多雪车，大大小小迎面而来，就像汹涌的浪涛般冲撞而上。看来他们都是来看热闹的。歌丽美雅的人一向是在温室里住惯了的，难得有外出的时候，因为往常这儿都是一片酷热的沙漠，曾几何时变成一片冰天雪地，也吸引了好奇的游客。然而，刚才的一阵突如其来的意外爆炸，也真是难得发生的，难怪会有这么多的人车赶来看热闹。

"怎么会这样呢？怎么会这样？"蓝力士喃喃自语，他无法克制心中层层浪涛的冲击，眼眶潮湿了。眼前所见太阳城的巨大圆顶罩子就似一个个大馒头状的坟墓，阴惨而冰冷。

他扭开了电视新闻频道，听见记者以激动的语音在报告："真是天大的不幸，季元老和他的前任妻子就这样魂归西天。不过有人说季元老活了差不多130岁，身体里面的器官百分之九十以上是人造的，实际上，这部机器如果保养得好，也许再活个50年、100年没问题。也许我们可以这样想想就会好过些：季安国元老的精神是永远不朽的，死去的只是一架组合不良的机器……"

"哼！"蓝力士忍不住说，"只是死了一具机器人，死了一个结过五次婚的女人而已。"

"别这样说吧！"

"我只是照菲里斯人的说法说说而已。"

"这件事又跟'915'扯上关系吗？"

"天晓得!"

"我很害怕。"蓝美姬搂紧了怀中的小珠儿,"万一我们的车子也给人动了手脚那不是……"

"听天由命吧!我们快到了,别说不吉利的话。"

巨型的圆顶罩子在前面耸向天空,蓝力士的视线已无法看见它的顶端。在它的闸门上闪着一圈红色的光芒,机器人与真人混杂着,在那儿负责维持秩序。

蓝力士的车子开进闸门里,立刻看见有两个安调局人员,向他挥手:"蓝团长,请跟我们来一趟。我们查出来,刚才的事不是意外。"

蓝力士、蓝美姬和小珠儿下了车,转而进入安调局的车子,抵达安调局大楼时,援外司司长麦甘纳,还有人口局的安全室主任凌明利也都赶到。他们被带进里面详谈。

三个小时的反复研究和讨论,只是绕着一个圈子在打转,毫无结果。没有人了解恐怖威胁来自何处,为什么会发生恐怖事件。那位非常关心蓝美姬处境的凌明利一再地说:"蓝小姐,你自己得保重了,我们会想办法帮助你,如果你有紧急困难要随时通知我们。"

"谢谢你,我会的。"蓝美姬看见那双黑亮的眼眸流露出深情的期许,她已经不止一次感受到了那种眼光,从她第一天到人口局来上班,凌明利就非常注意她。

凌明利与她握手时,交给她一个小小方形的、包装美丽的盒子，说："我有一个特别的小礼物送你，其实是我通过特别渠道拿到的，不是我买的。"

蓝美姬不想接受，正在迟疑间，身为安全室主任的凌明利又说是 C 国来的，仿佛在暗示什么。一听到来自 C 国，这个信息触动了蓝美姬的好奇心，C 国毕竟是父亲的家乡。蓝美姬心想凌明利与情报单位有联系，猜不透给她小盒子的用意，凌明利只是神祕地笑着，要她回家再打开。

她带着蓝力士回到她家里。她为哥哥饯行，所有的饭菜都是机器人按照一定的规格做出来的。此刻，兄妹俩站在窗口，俯望着太阳城的夜晚，别有一番情怀和感受。

猫儿在喵喵叫，机器人的喂食令它非常满意。小珠儿在客厅里跑来跑去，老祖母在逗她玩，并且向她说起有关太空英雄及大灾难的故事。

透过圆顶大气透明罩子，可以望见稀稀疏疏的星点正在眨着眼睛注视着他们。良好的空气调节设备使他们感觉到身体不冷不热，异常舒适。就在蓝美姬打开那只说是来自 C 国的小盒子时，里面是一个拇指大小的精巧微型机器人。"按我肚子，按我肚子!"微型机器人说。蓝美姬不免一惊。

蓝力士拿过机器人，按了按机器人腹部的红色小圆点，顷刻间空中投射出浮映的 3D 影像——爷爷奶奶和蔼地微笑着，中间站着一位秃顶无发，眼神呆滞且露着恐惧之色的老人，两眉和眼皮下垂，脸皮皱瘪如胡桃，佝偻的身子像是枯干的老树，爷爷奶奶在欣喜中现出一丝无奈。片刻的惊疑，蓝力士兄妹很快地认出他是谁。

"爸爸？是爸爸！"蓝力士又惊又喜，叫了起来。

"爸爸！不会是真的吧……"蓝美姬跟着尖叫。

紧接着，空中浮现了文字，爷爷奶奶一人一句，分别念着上面的信，兄妹俩听着语音，看着影像，眼眶逐渐湿润了，听着爷爷奶奶你一句我一句念着浮空的文字，努力去体会信上所说的每一句话：

亲爱的孙女和孙儿：

爷爷和奶奶这次传信息告诉你们一个好消息，你们爸爸在上次"九五"大灾难时，随着遇难的船只在海洋里漂流，一群人在荒岛躲避了很多年，过着最原始的生活，最近才被C国的无人机发现，C国派出救援部队把他们带回家乡。你们爸爸因为长年在荒岛生活，智力变迟钝了，只依稀记得在大灾难中，你们母子三人被歌丽美雅人接走，到了太阳城。

你们的父亲和母亲原是非常优秀的人才，可惜他们在生态灾难中分离了。我们非常思念你们，如果你们心灵深处也思念着我们和怀念着C国，想回家乡看看，我们竭诚地盼望着。不过我们家乡在大浩劫之前已经迁移到地底下了，如果你们想回来，自然有人会接应。

爷爷和奶奶

蓝力士面带笑容，一股暖潮自他的心间轻轻流动着。此刻，一张清丽脱俗的脸庞又在他的眼前浮现，茉莉弯起的眉毛，贴着她含情脉脉的眼，灵光闪现的注视，使他怦然心动。他怀念着菲里斯的她，即使烟云迷漫，残破荒凉，充满暴力与血腥，他仍然要奔赴那个国度。

"你决定到菲里斯去吗?"蓝美姬问他。

"那是一定要去的，我非去不可。"

"你不害怕遭遇不幸吗?"

蓝力士摇摇头，抱起冲过来的小珠儿，轻轻吻她的面颊。他想象着自己也有亲生的孩子，在逗他玩乐时的欢愉之情，他感受到即将到来的新生命的喜悦与悸动。

第二十章　再见茉莉

巨型的飞行运输机在狮头马的广场停下来，一架一架排开了阵势，当舱门打开时，首先出来的却是亮闪闪的机器人部队。在最前面的两个机器人高举着歌丽美雅的国旗——有着三只展翅的和平鸽以及它所标榜的标语牌子：

人道主义是战胜魔鬼的利器，
歌丽美雅的爱是所有苦难人的希望。

浩浩荡荡的机器人部队作为先锋，展示了歌丽美雅的坚强实力以及它在历史巨流中曾占有的领先地位。

蓝力士跟在机器人身后，带着他的随从慢慢地走出来。他四下张望，唯恐这个曾经遭遇大动乱的国度会不利于他。

戚将军以他惯常的骑马英姿，等候在广场的另一边，身后的群众跟着他举手欢呼：

"欢迎歌丽美雅！欢迎歌丽美雅！"

"人道主义万岁！人道主义万岁！"

"老歌一来，大家都有饭吃！"

蓝力士麻木的心突然被喊声所震醒。狮头马已残破得难以收拾，面对着这些曾经杀人如麻的野蛮人，本来有些胆寒，但看他们那种兴奋的样子，好像对歌丽美雅并没有多大的敌意，使得蓝力士释怀了。

彤云厚积，大地有一种朦胧的光影在闪动，黑压压的人群，以他们昂扬奋发的叫声和不停舞动的手表达对救济品的渴望。

蓝力士伸出大手，向骑在马上的戚将军致意。戚将军跳下马来，以他多毛的手迎接着蓝力士。传说中戚将军浑身毛茸茸的，除了少部分地方之外，如果他不穿衣服可能就像一只大猩猩，怪不得长毛党就是以他这副样子做形象招牌的。

"欢迎未来的蓝大使到来。"戚将军的手握得紧紧的，让蓝力士感到了非比寻常的压力，他手背上浓浓的毛也使得蓝力士感到一阵痒。

"戚将军，谢谢你亲自来迎接。"

在戚将军身后的荷枪骑士朝空发了一排空包弹，算是对这位援助团长的敬礼。

在机器人部队的支援下，对于菲里斯的救济工作即刻展开。蓝力士的办公室已不再是昔日那处豪华的所在，而是经过战火洗礼之后的残破屋子，再也没有随手扭开便有果汁牛奶的水龙头设备。他必须因陋就简，执行他的公务。

根据报告，菲里斯经过长毛党的战乱后，人口减少了三分之一，幸存者在戚将军的统治下生活并不如意，直到歌丽美雅的援助来到，以无限制的供应"人上牌"的食品进行救济，并且派出机器人部队做治安维持和医疗工作，才渐渐的稳定人心。

蓝力士实在不明白，以长毛党的恐怖作风，为什么就甘愿接受歌丽美雅所提供的援助及所要求的各项措施，包括最重要的人口控制。

"歌丽美雅将会逐渐为你们建造完整的大气保护罩，提供完善的生活环境，只要你们按照我们所指定的计划按部就班去实施。"蓝力士转达了当局的指示给戚将军。

戚将军就像一只和顺的猩猩站在他面前，抽着歌丽美雅的香烟，看起来神态是那样的安详自在。蓝力士上前去拍他的肩膀，只感到他和想象中的样子有一大段距离。戚将军站在一棵棕榈树旁边，以深沉的眼睛凝视着平整的沙洲，嘴里冒着烟，显得很知足。

"蓝大使，你的帮助真不少。"

"哪里，还真亏你大力配合。"

戚将军轻声笑道："我知道你的心事！"

"我会有什么心事吗？"

沙洲上有许多枯骨，机器人部队正在指挥并协助菲里斯人清理，运到卡车上。戚将军看了很久，转过脸来对蓝力士说："你想知道香茉莉的下落吧？"

这突如其来的问话，使得蓝力士浑身紧张，他以为香茉莉遭遇了不测。

"你是说，她已经……"

"不，我没说什么，我只是问你，你想知道她的下落吗？"

"我想。戚将军你怎么会知道呢？"

"我知道，让我告诉你吧！"戚将军喷了一口烟，凑近前来附在蓝力士耳边说，"去永康镇找她吧！她现在在永康镇。"

蓝力士握住那只伸出来的毛茸茸的手，四只眼睛对视了一会儿。他感觉出戚将军所流露的揶揄性的关怀。这个长毛党的头头能够在很短的时间内接受歌丽美雅的条件，改变许多措施，的确是令人惊异的。他真想对戚将军说："'黑猩猩'！你真了不起！"

炎热的太阳从稠密的沙尘间露出脸来，山道上飘着阵阵腐臭的气息，在尸堆旁边挖掘葬坑的机械怪手"嘎嘎嘎"地以它无比的震撼威力掘进地底。旁边列队守卫的机器人只要关掉嗅觉系统，便不闻其臭。有人在远处掩鼻哭泣着，望着亲人的尸体被机器人投进坑洞里。

"一共是多少具，你点过了吗？"一个戴口罩和眼镜的军官问机器人。

"308具。"机器人说。

蓝力士的车子经过时听到他们的对话，他掩着鼻子，难受地观看着埋尸的场景。歌丽美雅的救济品在不远处发放给难民，使那些生者在经历战争浩劫后暂时解决了饥饿，然而潜藏着的恐惧却是无法抹除的。

"无限制地供应！"在蓝力士旁边的副官衣本德说，"这样等于我们在养他们不是吗？"

"别担心！"蓝力士说，"人口减少了，况且，歌丽美雅还不断支持他们，希望把他们扶起来。但为什么老早以前不这样做呢？"一层困惑如迷离的雾网住他的脸。

"你一定很伤心吧？团长。"

"任何人都会伤心的。"

"这是个好地方！"衣本德指着田野间绿油油的草地，已有农人驾着耕耘机在做农事。

"不错，确实是好地方，如果没有发生战乱的话。"蓝力士的脑际浮起歌丽美雅的农业大楼景象。自动调节温度，供给雨量和阳光，一层一层的耕作场。种植各种蔬菜、水果、谷物。播种、施肥、除草、收获全部自动化，平时有机器人在照顾负责作业，至于畜牧场也都由机器人担任看管、喂食等工作。

然而歌丽美雅潜在的危机却丧失了美好的天然环境。由于在上个世纪以前，对于土地、河川、空气的过分蹭蹋，导致人类被迫住进人造环境里，以求自保。菲里斯因为是落后国家，较能维持自然的原貌，遭受工业化破坏的程度没有先进国家那么严重，因此，原野上有绿色的生机复苏。沿路所见还有未被清除的枯骨散列在野地间，偶尔，有两只饥饿的狗在骨骸间踩踏，用鼻子嗅嗅并且张嘴啃食。

"真是的！"衣本德举起一管烟幕枪，朝狗发射过去。

五彩的烟幕在阳光中迸飞起来，散开着，两只狗儿望了一下，惊惶地拔腿奔跑逃开。

"喂，你！"衣本德叫着，"还是到歌丽美雅去吧！那边的同伴比你们好命多了！呵呵……"

车子远了，狗成了两个移动的小点点，在天幕下的大地嗥叫着，有沙尘扬起，将它们的影子罩在朦胧中。

车子驶入山谷，两旁出现初生的野草，非常繁茂，那种绿色的油光闪亮在大自然的天光下，看起来格外舒适悦目，与歌丽美雅相比，同样的绿色，却使人有不同的感受。微风吹拂着，草儿颤摆得别有韵致，撩起蓝力士的缕缕柔情。

前面的路径旁，一堆白骨错杂地横在草丛间，几株茉莉花凄迷地抖动着。蓝力士下了车，采下了一束花，将它插进胸前口袋里。车子往前驶去，蓝力士怜悯地望着草堆里的白骨，发出一声悲叹。许多歌丽美雅的"人上牌"包装纸零乱散落在四处。远处的村落集结了一群人，正在挥舞着白色的旗帜，叫叫嚷嚷的。

蓝力士开始在脑海里想象着茉莉的一颦一笑，勾勒再度与她见面时她所流露的奇异表情。如果茉莉并没有参与长毛党的阴谋活动，他也许会把她看得更神圣些，然而，他扪心自问，此刻的心境却是被污损了。

抵达永康镇时，一队荷枪的长毛党士兵拦住车子，蓝力士取出证件亮了一下，并且问他们："玉林山庄在哪里呢？"

一个年长的士兵指着远处山腰间的许多坟墓说："就在坟场旁边，有几座茅屋，那是特别区呀！"

"怎么叫特别区？"

"是戚将军叫我们特别保护着的。"

士兵喝了一口"人上牌"的饮料，抹抹嘴说："他们是特别人物呀！"

"谢谢！"蓝力士从口袋里再掏出一包人造的营养品，塞进士兵的手里。

士兵们嬉笑着向他行了一个军礼。

战争过后的城镇满布着凄凉与荒芜，那些呆滞痛苦的眼神凝视这部外形像鲸鱼的车子，脸上绷得紧紧的。男人多半是伤痕累累，面容憔悴，女人隐在阴暗的角落里，与她的孩子低语。只有歌丽美雅的车辆，那漂亮圆滑的外表以及上面的宣传文字，使他们在叹息中感到一丝安慰，也消除了原先的恐惧。成群结队打着赤膊不知天高地厚的小孩围过来，吹着口哨慢跑跟随着车子。

"喂，你们快乐吗？"蓝力士忍不住问他们。

"有老歌来帮忙就好啦！"高个子说。

"给我们更多吃的吧！"一个嘴里塞着食物的瘦削孩子说，一边还拉着他快要掉下去的裤子，把露出的半个屁股遮住，"'人上牌'的食品不错，真不错！"

蓝力士从车上丢下十几包"人上牌",然后车子快速前进,后面成群的小孩挤成一团,争抢着食物,叫叫嚷嚷的,就像野狗争食般。

他闻到插在胸口的茉莉的清香。沿路的沙尘扬起如雾,恍惚间他又想起那短暂的相聚,如果人生还有什么刻骨铭心的事,那么,在那次回到歌丽美雅时与香茉莉所种下的爱苗正是他所难忘的。

车上的广播在说,菲里斯新的军政团已经组成,选出戚将军为元首,负责治理这个动乱的国家。

"我保证,"戚将军说,"按照歌丽美雅所推行的人道主义政策善待我的人民,不使任何人受到伤害。为了菲里斯今后的繁荣、幸福着想,只有完全的人口控制以及配合农业、工业生产,才能使人民不至于沦入恐怖的饥饿。我们今后唯一的希望便是接受歌丽美雅的各项指导……"

"放屁!"蓝力士关掉了广播。

"团长,你生气啦?"衣本德不禁问。

"一切都不对劲!不对劲!"

"是呀!既有今日,何必当初。"

"这是很奇怪的演变。"

"我们是在走老 A 的路。"

"我也感觉到了,甚至比老 A 更严重、更不合理。"

所有歌丽美雅的物品,机器装备和机器人、援助人员在永康镇上随处可见。那些穿着军服的歌丽美雅人夹杂在机器人之间，看起来只是点缀而已。一个先进的技术文明国家，根本没有什么人会愿意被派到这种地方工作，实际上，机器人已足够应付所有的任务。蓝力士的车子经过时，他们还放下正在搬运的东西，向他挥手致意。

"我本来也不想来的，"旁边的衣本德又说话了，"到这里真没意思。"

"那你为什么来了呢？"

"因为……"衣本德难为情地别过脸去，看着窗外的景色，"他们说菲里斯有好风景，有新鲜空气，有漂亮的草地，是歌丽美雅所没有的。"

"你在说谎！"

"嗯——可不是吗？"衣本德吁了一口气，尴尬地笑笑。

"到底是怎么回事？他们派你来这里？"

"我犯了错误，我知道，我知道的。"

"你说出来呀，何必害臊？"

"我闯入生化实验所被抓到了，他们认为我侵犯了国家安全机密。"衣本德脸上挤出了豆大的汗珠，显得很窘促，"他们要查办我，放我一条生路。"

蓝力士的脑门挨了一记重击，他在回想自己过去到底是否犯过同样被认为不可原谅的错误。他的印象中一切正常，并不曾有过犯法的事被抓到或警告。

如果说与菲里斯的少女茉莉谈恋爱是一种过错，那还是后来的事，他前后八年的时间一直流放在外，干的都是同样的工作：将歌丽美雅的各种救济食品、医药分派散发给贫穷的世界，宣扬了美好的人道主义，使本国赢得每个受援助国家人民的感激与尊敬。"这是何等辛苦而又高尚的工作!"正如已经去世的援外司司长金恩所说的。他一直尽忠职守，在自己的岗位绝少有出错的时候。

但又为什么，蓝力士一直希望回到国内生活而不被允许。他开始察觉到这些事之间必然有某种隐秘存在。

疏落的星星在紫蓝色的天幕中开始熠耀着，残破的城镇街道远了，绿色植物遍地的山麓，微映着紫红，野花迎风摇曳。蓝力士打开了车窗，让微风吹进来，虽然还有几分热，毕竟闻到了天然的气味，吹到了天然的风，比起在歌丽美雅，一年到头难得打开圆顶气罩，就算人到外面去，那种生态灾难后的气味使人的鼻子觉得怪不舒服的。而在此地，远离战火蹂躏过的地区，再也闻不到尸体的腐臭味，取而代之的是阵阵的野草香味，虽然不是人工化的，但却令人心旷神怡。

茅屋就在前面，有灯光隐约从逐渐黯淡的暮色中透出来。一面菲里斯的国旗和另一面歌丽美雅的国旗就并排插在旗杆上，高高地在茅屋屋顶上飘着，有荷枪的军人在把守，广场上传出了儿童的嬉戏声。

"我们到了。"衣本德说。他停下了车子。

"真是个好地方。"蓝力士说。

"叫我住在这里，我才不愿意呢!"

"你一直想着有圆顶气罩的都市吧?"蓝力士说着打开车

门走出去。

一个菲里斯的军人走来，看过蓝力士的证件，挥着手叫了一个机器人过来："你带他去！"

机器人站着不动，注视了蓝力士一眼："跟我来！"

一直不敢面对而又渴望与茉莉再度相处的矛盾在蓝力士心头交织着。机器人带他进入茅屋里面，他在暗淡的厅内站着，透过狭窄的走道，他看见一个白衣女郎倚在窗边，那略显瘦削的脸庞半隐在暗影里，凸起的腹部与她的身材看起来是极不相称。此时她还没发现蓝力士的来到，正以好奇的眼光在探视着窗外的动静。

"茉莉！"蓝力士叫着。

茉莉的脸转过来，与蓝力士相互对视，一瞬间，仿佛受了电击似的微颤了一下，两只眼睛睁得如铜铃大，艰难地举步向他奔来。蓝力士赶紧上前抱住了她。

"茉莉，你是茉莉不是吗？"

在蓝力士怀中的茉莉抽噎着，脸颊上挂满了泪珠，长睫毛垂盖着她那看起来困倦浮肿的眼睛。蓝力士感觉到她火热的胸口内的心脏跳动以及腹中另一个生命的跃动。他亲吻着她沾满泪水的脸颊、鼻子、眼睛，最后，落到她的嘴唇上。两颗心紧紧地贴在一起，炽热的火焰燃烧着。

"茉莉，你怎么啦？"

"蓝力士，"她低唤着，带着微微的叹息，"他们驱逐了我，不要我在歌丽美雅。"

"我知道。"

"因为我为菲里斯长毛党工作。"

"我知道。"

"我是不得已的，他们抓走我的父母，威胁我，要我为他们工作，绑架利用我爸爸的科学成果。"

"我都知道！"

蓝力士的手从她的背部滑落下来，而后他细细端详着她的脸，轻轻地抚摸她凸起的腹部。他再次抱紧了她。

"我配不上你，蓝力士。"她说。

"为了我们的孩子我来这里找你。"

"这是错误，错误……"她的啜泣转为呜咽，真不敢相信，一切都弄得一团糟。"

"我们已经有了宝贝啦，你还抱怨什么？快擦干眼泪吧！"在没有见到茉莉之前，蓝力士无法预料自己会有什么反应，现在当他与她相拥在一起，感知了新生命的喜悦，柔情化成了轻烟，笼罩了眼目，即使他心底蕴藏了多少疑问与伤悲，都在朦胧中融化飘散。

"我不相信你爱我，我只想把孩子生下来。"

"是的，把孩子生下来。傻家伙，我当然是爱你的。"

"在歌丽美雅生孩子是不容易的，因为有人口配额。不管怎样，我应该把孩子生下来，这是一个意外。"

"我知道，所以特地来看你。相信我，我当然爱你。过去了，现在一切都过去了！"

"希望是过去了!"

一个机器人走过来,拍着香茉莉的肩膀,当她回头的时候,看见自己的父母亲正站在她背后凝望着。

"爸妈,"茉莉说,"他就是蓝力士。歌丽美雅派来的援助代表团团长。"

"真是幸会!"老头子咳嗽着说。

蓝力士迎上前去,与他们寒暄握手。

第二十一章　暗夜中的歌声

　　巨型的挖土机以它的怪手抓取瓦砾将其堆放在大卡车上。人与机器人忙碌成一片。破碎的狮头马城在重新收拾建造。

　　街道上充满大人和小孩的喧哗声，骑马的、赶牛的、放羊的，一群一群地走过，偶尔还会有摩托车、磁悬浮车呼啸而过，或是空中飞车在低空盘旋巡视。

　　一棵一棵的绿树种了起来，笔直地竖向天空，那种散发着新鲜气氛的植物吸引了许多外来的观光客。人们一拨一拨地赶来，就为了看菲里斯的奇迹。它在歌丽美雅的扶助下，大地的生机重新勃发，到处展现了可爱的绿色。当夜晚来临时，狮头马的街道又点亮了五颜六色的灯光，使得狮头马周围的原野也似乎在感受它的"珠光宝气"，而浑然忘却了大地生灵曾遭遇浩劫的恐怖。

吉他弹奏的乐音在星光下回荡，歌声激昂而带着凄楚悲沉，也许还会唤回人们的一些片断记忆：

狮头马，我美丽的家乡，

不管经过多少风云变幻，离乱沧桑，

当太阳在浓雾中升起，鸟儿已出巢飞翔，

永夜的厮杀悲鸣，已不再回响，

没有人会记起，倾圮的高楼城墙，

火与血，同样是历史道路的闪亮光华，

唯有卑微的希望，在新起的城市中飞扬。

四个年轻人边弹吉他边唱着歌，摇动他们的身躯，配合着节拍。火光映红了他们瘦削的脸，两眼的疲倦神色在交投注视中得到了相互的激励，他们更起劲地弹唱着。周围挤满了穿得破破烂烂的人，他们在看热闹，并且拍掌、附和而唱。那些枯瘦的脖子伸得长长的，勉强从喉管中拉出了歌声，即使他们不知道歌词的含意。他们凝望着闪烁着星光的天空，他们的心情在凌空翻滚，过往的伤痕掩藏在黑暗里，就像一条条睡去的虫。

当歌声停止之后，四个人中的一个拿起一面写着"915"的白旗，摇动一阵，投入火里焚烧。

"到底是什么意思？"观众中有人问。

"不知道！"那个焚烧旗子的人说。

第二个又跟着拿起旗投入火里，第三个、第四个都做了同样的事。站在一旁观看的蓝力士不禁冲上前去，抓住其中一个人的肩膀，大声问：

"请你告诉我，这个东西是什么？你们为什么要烧它？"

"没有作用了，我们烧掉它！"

"原来是干什么用的？"

"我们只是奉命行事！"

"奉谁的命令？"

"应该是戚将军下的令吧！"

蓝力士一阵错愕，他使劲地摇撼那人的肩膀。如果他没有忘记的话，眼前这四个摇旗呐喊的菲里斯人就是他在歌丽美雅太阳城所遇到的欺负茉莉的人。在暗淡的光影中，他颓然放松了手。他的面孔扭曲着，想起初见茉莉的那个晚上的奇遇，冥冥中好像一切都被安排好了似的。他是这样的无奈软弱，以至于无法移动身子。

"赶走他，他在干什么？"有人在喊。

"他是个老歌！"有人说。

人群将花草、面包屑、"人上牌"的包装纸盒及其他杂物朝蓝力士身上掷过来。

"老歌真好！谢谢老歌给我们吃的东西！"

只怪光线太暗，他又穿着便服，没有人知道他的身份，他领受这份不该有的敌视。

在蓝力士离开那群人以后，还听到吉他的弹奏与悠扬带着抑郁怆然的歌声像潺潺水流般地漫开。蓝力士对这土壤、空气和星光开始有了难以名状的好感，对生活在这儿的苦难人民深深地寄予同情与怜悯。

车子在树干下的暗影里等待他，他拍拍衣服上的灰尘钻进车里去。他期待着婴儿的哭叫声会很快地来到，因为那是他的希望和喜悦。

第二十二章 悄悄来临的死神

大批的机器人开始从歌丽美雅空运过来，进行菲里斯的复建工作。战争的野火遍地烧过，所有的建筑和设施，还有制度，都必须重建。

戚将军的铜像在狮头马的废墟中被塑造起来。露出毛茸茸的手、脚、脖子和满脸的胡须，看起来够吓人的，那股威武肃杀之气让人感到凛寒。

狮头马在重建了，菲里斯在歌丽美雅的协助下走向复兴。

戚将军与他的执政团常常在会议桌上向全国人民一再地广播："火与血的日子都已经过去，我请你们原谅过去我所犯的错误，那实在是不得已的。为了生存与自由，我们必须先做一次彻底的破坏，才能够好好建设，我应许你们有丰衣足食的日子。"

到处都是"人上牌"的食品，堆积如山的盒子摆在每一处乡镇村落的街道建筑里面，由机器人负责看守并发送给饥民。那些感激的目光不是投向机器人，也不是投向纸盒子，而是投向茫茫的苍天。他们的肚皮因为饱足才有力气工作。

菲里斯的首都狮头马建起了圆顶罩子，远远看去，它就如凸起在一块秃黄带绿的平原上，比以前更加壮观美丽。蓝力士的办公大楼恢复往日的繁华，墙壁间有经常变换的风景，随时打开水龙头便有果汁、咖啡、牛奶流出来。

现在蓝力士是驻菲里斯的大使兼援助团团长，经常在电视上露脸，虽然全国能收看的电视观众平均不到五成，可他已经名声远扬，在菲里斯人民的心目中留下深刻的印象。

"歌丽美雅的人道主义是无远弗届的，"蓝力士在电视上讲道，"它在推行一个史无前例的乌托邦计划，希望所有的国家都能得到她的福祉，使全世界结合成为一个大国家，就像我们的航天员在遥远的宇宙飞船上所看到的地球一般—— 一个小小的球体，小小的光点，只是一个地球而已，所有栖息在上面的众多人种、不同的地区、不同的制度实际上都应该合而为一的。"

以上这些话原是出自歌丽美雅的外交宣传手册，他只是照本宣读而已。实际上，对于这个穷困万分的国度，他要义不容辞地给予同情与关怀，确实也是他的肺腑之言。

"为了我们有限的资源着想，"蓝力士继续说，"歌丽美雅要求的只有一个条件，就是必须做到完善的生育控制，所有的生育都必须经过人口局的核准才算合法。每个人不管男女，在青春期的时候，都要接受长效的避孕注射，以便有效推行人口政策，以免再犯过去同样的错误——因为人口的过分增加造成动乱不安。"

由歌丽美雅派来协助有关人口计划的人员很快在各城市建立据点，旅行车旁穿白衣服的护士笑容可掬地拿着注射枪，为排队的成年男女进行注射。这当然是在戚将军的命令下执行的措施，尽管会有人抱怨而临阵逃脱，或是抗命不接受注射，但他们都将列入搜查队侦缉的范围，抓到时给予管训并强迫注射。

在温室里面享受大气罩的保护，蓝力士难免会想起郊野的空气、天空和富于朝气与生机的大地。当他和茉莉的第一个孩子降生以后，他常带着妻小开车出城，到外面去观赏风景。

蓝力士把儿子取名和平，他相信和平是人间的至福。

阳光很热，外面的世界毕竟是不同的。

歌丽美雅的机器人沿路在建筑工事，整顿街道，栽种花草。菲里斯是一个生态灾难后环境恢复最快的特例，与歌丽美雅的保护罩外面光秃秃的样子相比的确有天壤之别。这片曾经遭遇火焚与血洗的大地很快地在歌丽美雅人道主义的灌溉下复苏了。与当初蓝力士以为是在走老 A 的路确然迥异。

在一座废墟中，许多菲里斯人围聚着，散乱的头发随风飘动，一串凄苦悲凉的笛声回荡在断壁残垣间，哭声伴着丧葬悲鸣的伴奏。机器人在旁边负责监视。

"他们怎么啦！"蓝力士的车子经过时问那个机器人。

“只是平常的事件。”机器人说，“有人患病去世，要埋葬了。”

蓝力士身边的茉莉温柔地依偎着他，即使疲惫也当作是通往幸福的考验，她蒙住儿子的眼睛，不让他看悲惨的下葬。车子开远了以后，茉莉问：“最近死人特别多，不知道怎么回事？”

“人老了总会死的。”蓝力士虽这样回答，却心有所思。

“但是，在歌丽美雅就不同了，有人造心脏、肺脏、血管和其他器官可以替换并解除病患，为什么在这儿都不能好好地加以援助？”

“有限度的援助，这是歌丽美雅的政策。”其实蓝力士也不明所以。他心中的疑问不断加深。从在歌丽美雅所遭遇的，以至于到菲里斯执行所谓援助政策，他觉得许多事情是反常的，难以解释的。

那种凄恻的哭声在荒野间漫开，使人感觉有一股凉意从背脊升上来，直盘旋到了心窝深处。

他们经过坟场，看见参加葬礼的人一堆一堆地分散于各处，好像是赶集似的。突然间，蓝力士感到菲里斯人的死亡率在增加，这是一个非比寻常的现象。

“去看外公、外婆吗？”小和平问。

“是的，我们是要去看他们。”茉莉拍拍小和平的背部，在他的额前亲了一下。

“他们在哭什么呀？”

"哭呀?"茉莉编了一个理由,"他们不听话,到处去捡破破烂烂的东西,像罐头啦、轮胎啦、塑胶用品啦,弄脏了身体,细菌跑到眼睛、嘴巴、肚子里面去,所以……所以再也不能吃饭、讲话、睡觉、走路……"

"就像报废的机器人了?"小和平笑着说。

"是的,不,不,报废的机器人还可以重新修理过再使用,至少他们的零件还可以更新再活过来,但是人一旦报废了,就要被烧掉或埋在土里了。"

"我不懂,我不懂!"小和平摇摇头。

"你长大了就会懂的。"

儿子稚气的脸挤成一团,阳光透过车窗照在那张盈满欢乐的脸颊上,两只乌亮的眼眸转动着,望望爸爸,又望望妈妈。

中午时分,他们抵达了山庄,小和平首先开了车门冲出去,大声叫着:"外公,外婆,我们来了。"

小和平的影子消失在茅屋的门口。蓝力士将他的车子停妥,打开车门出来时看见小和平又奔出来,脸上绷得紧紧的,大声喊说:"爸,妈……机器人说外公、外婆刚刚去世了!"

"什么?"蓝力士与茉莉不约而同地发出惊呼。

他们快步赶到里面,已经有菲里斯的医官在进行验尸,一个歌丽美雅的家用机器人呆呆地站在那儿,当蓝力士和茉莉进来时,似乎还认得他们。

"你们好!"机器人说,然后做出悲伤的样子,用手去擦拭他没有流泪的眼睛,笨拙地说,"他们说主人去世了,所以我必须做出悲伤的样子。我这副样子像不像呢？"

蓝力士拍拍机器人的肩膀："你少啰唆几句好不好？"

茉莉柔弱的身躯扑向前去，在盖着白被单的人体前面跪下来，掀开了被单，哭泣着："妈妈，怎么会？您怎么会这样？还有爸爸？怎么会？……这怎么可能呢？"

"突然的心脏衰竭，"医官在旁边说，"两个人的死亡时间很接近，可以断定，其中一个人发现另一个死亡，也因为受惊吓而死亡。这是比较合理的推测。"

蓝力士的心一片冰凉，有些恍惚的伤愁如江河瀑布流泻而出，他的眼眶潮湿了，他想起爷爷和奶奶传来的影讯，似乎是对他的暗示性的召唤。一个在更新、在创造的文明国度，是他的生命本源，他是应该回到那里去的。对于菲里斯，一个经历浩劫的所在，哭声是他所熟悉而习惯的音调，只是在歌丽美雅进行大规模援助以后，中断了一段时期，现在他又闻到了悲惨苍凉的气息，死亡的脚步，又悄悄地踏上每一户人家。

小和平看到妈妈在哭，也扑过去，抱住妈妈的背，呜咽起来。

蓝力士茫然地站在那里，空虚得犹如只剩下躯壳的机器人。

第二十三章　永恒的机器人

　　歌丽美雅太阳城的车辆，在快到下班时间之前，便逐渐往临近的城市管道疏散而去，人们去寻求工作之余的娱乐，所有的人类和机器看起来都是生气蓬勃的。

　　但在国务院大楼的广场上，今天却颇不寻常，在快下班之前聚集了来自四面八方的车辆，就像蚂蚁嗅到了糖的气味，似乎又有什么事情发生了。

　　"现在是三点五十五分，三点五十五分。"坐在车内的菲里斯总理林德乐咬着烟斗，听着车顶上的一个广播声音在说话："国务院的人要准备下班了。不过今天他们约好在议事厅等你的，林德乐先生，现在可以走了，可以进去国务院了。"扬声器在响，街上无数的电眼在扫描转动并录像。

　　林德乐总理跨出车门的时候回身四望，广场上其他的车子里也几乎同时钻出了穿着一身黑色西装的人。

"一共是 380 位。"在林德乐总理身边的艾龙总统问他，"都到齐了吗？"

"都到了。"林德乐总理搀扶着忧伤的艾龙总统，"本来应该有 502 个人的，不过妇女和小孩都不用来。"

"嗯！"

"现在我们都是难民身份，老歌有的是办法，我们得请白慕理总理帮我们忙！"

"是，是的……"艾龙慢吞吞地应着，看来他是那样的缺乏元气，举步维艰。

林德乐扶着他慢慢走向国务院的台阶。所有集结的车子里面的人也都走出来跟在身后，渐渐包围了国务院。

"三点五十九分！"扩音器传出了声音，"国务院准备下班了。"一串如流水般的音乐声，轻快地在扩音机中播放出来。国务院大门的几个电眼在转动。

林德乐和艾龙在国务院的门口站住了，艾龙抚着他的胸口喘息不已，脸上发青。

"慢慢走，别慌张，他们答应要接见我们的。"

"无论如何总要……总要给我们一个答复。"艾龙喘着说。

"那当然，我们希望他们能协助我们回到菲里斯。"

黑衣人们聚集着，安安静静地拥挤在国务院巨大的门廊下，等待着里面的人出来迎接。林德乐和艾龙，犹如两根即将枯萎的树站在正中央，焦急地盼望着。

大门的数字钟显示四点零五分，巨大的玻璃门开了，走出来一个头顶发亮、穿着整齐标致制服的机器人。他的两眼如探灯般扫视了一下全场，目光在艾龙和林德乐身上停住，然后走近前来对他俩招手说："你们两个人进来吧！其他的人请回去！"

机器人的声音够洪亮，这是因为加了扩声器的缘故。在场所有的黑衣人一阵骚动。

"白慕理总理交代的，希望各位安静，理解我们的困难。啊，还有另一位，菲理斯驻我国的大使……"机器人好像刚刚又接收到了什么指令，又补充说，"还有一位罗德西先生。"机器人的目光搜索着。

罗德西的扁鼻子仰得高高的，眼睛几乎是在望着天上。他大摇大摆地走近前来。

"三个人。"机器人说，"就只三个人进来！"

罗德西转身面向所有的黑衣人，挥了挥手："既然这样，你们就都回去吧！"

所有的黑衣人一片哗然，移动脚步，逐渐散开，各自回到他们原先开过来的车子里面，车子又渐渐地从广场疏散开走了。

国务院的回廊晶亮的墙发着白净而柔和的光，许多透明的柱体从天花板上垂挂下来，发射着红外线光束。运输带在走廊中间无声地蠕动，机器人就在带子上面行走，三个人也跟着踏上带子，缓缓地步行前去。

他们小心翼翼地跟着进入一个豪华的圆形房间，一股浓烈的香气直扑过来，变幻景色的墙壁显映出一片春光明媚、绿意盎然的图景。旋舞的蝴蝶在五色的花丛间活泼地展翅，流水的声音潺潺可闻，亮丽秀剔的水珠从山野间的高崖上溅流而下，千年古木高耸云间，以昂然神圣的姿态静静挺立，似乎也在倾听着大自然的动静，鸟儿的叫声在林间啾啾地响着。

"真迷人，真迷人！美极了，美极了！"林德乐赞叹地说，他的鼻子不断地在嗅着，似乎想从这人工制造的自然景色中嗅出一点真实的东西。

罗德西的鼻子仰得高高的，他的眼睛盯着天花板上浮空显示的3D图景。那是从太空中瞭望地球的景象，整个球体一片斑驳，大气混沌污脏，像是一团没洗干净的乱发纠缠在球形体上。

他们在中间的圆形凳子前面站住，还未敢坐下。

圆形房间内的另一道圆形的门如花瓣似的旋开了，一个银闪闪的机器人走进来。

"请坐，请坐！"

另外一个机器人指着全身银色的那位机器人说："他就是白慕理总理，你们要见的人！"

"什么？"三个人不约而同地惊叫。

"是的。"那位全身是银白色的人，脸上依稀可以看得出与白慕理相似的轮廓，"我就是白慕理。"

"总统呢？"林德乐总理接着问，"我也要见总统。"

圆形的花瓣式的闸门打开了，走进来另一个银色机器人，从那脸庞依稀可以分辨出那是按照英怀德总统的外貌所铸造出来的机器人。

"我们要见真人，不是机器人。"林德乐上前去，在两个机器人的身上摸索着，想要摸出个所以然来，"请你们别寻我们开心好不好？"

"没有寻开心呀！"英怀德说，"也不是我化了妆，更不是我不想见你们，实在地说，我已经超凡入圣，我们已经成了机器人。我们的思想活在机器里面，我们的肉体都要朽坏的，只有机器人可以不朽，可以永久地活下去。"

林德乐将信将疑地瞪视着面前的两个银色机器人，他的烟斗已没有火，却还一直吸咬着。

"你们是什么玩意？"罗德西大使发火了，"我不要见你们两个机器人在这儿说鬼话。"

"你们不相信也罢！"英怀德说，"这是我们达成不朽的计划，你可以看看天花板上的 3D 影像的地球的面目。"

"地球很糟糕呢。"

"生态灾难虽然已经过去了，但是人类的危机仍然存在，啊，人类本来就是地球史上最危险的族类。"英怀德露出诡异的笑容，"为了使地球得到更新、喘息的机会，地球上的人口必须减少、再减少，也许直到千年以后才能恢复原有的面貌，才能有到处鸟语花香的环境，就像你们所看到的另一处梦幻图景。"

"不，我们不管这些事，"罗德西大使沉不住气，大声说，

"我们要回菲里斯!"

"回去有什么用呢?"

"那是我们的土地,那是我们失去的国度,请你们协助我们赶走长毛党的统治。"

"再过一段时间,长毛党就不存在了。"

"这么说,我们更可以放心地回去了?"

"回去是完全没有意义的。"白慕理总理插嘴说,"整个菲里斯的人最后都将逐渐老化、死去,甚至灭绝,剩下的只是逐渐在恢复的绿野青山的天然环境。这个世界需要绿色植物的繁衍才能恢复从前的生机。"他那银色的嘴巴开启时,两颊微露笑容,活像一尊活菩萨。

"你们到底是谁?"艾龙总统脸红脖子粗,使尽力气喝问着。

"我们是拣选者,拣选一些值得拣选的人,进入新世纪,进入一个天堂般的世界,一个没有死亡的永生的国度。"

"你们不是机器人吗?"艾龙喘息起来。

"我们已经成了有思想的机器,我们的思想活在机器里面,我们的性格都已储存在太空岛的计算机里面,由太空岛的机器人工厂制造成我们现在这副样子。"

"天呀!"罗德西沮丧地看着天花板投射的影像。那个乌烟瘴气的地球似乎也在无可奈何地叹着气。

"现在,我们要求你们,"英怀德说,"不要再想回那个即将衰亡的国度,断了这个念头吧!回去了也没有用,艾龙总统啊，为什么你不想想，做人的目的是什么？只是当一个统治者吗？为什么不到天上去做王呢？菲里斯的戚将军和他的子民都已经吃了我们的援助食品，他们的性格改变了，他们的生命也将在不久之后告终，就像得心脏病自然死亡那样，没有任何症状，这都是歌丽美雅援助的结果！"

"哎呀，你们真坏！你们真……真是邪恶！"艾龙总统像被雷打到一般全身发抖，气得两眼泛白瘫软了，"我们还以为你们是真好心来帮我们。"

"人口必须减少，污染才能减缓，地球才能恢复原来的样子。"白慕理总理解释着，"这就是我们当初迟迟不愿做军事援助的原因，故意拖延才能达到人口减少的目的。"

"魔鬼！魔鬼！"罗德西冲上去，正要对着白慕理拳打脚踢。机器人赶紧过来抓住他的肩膀，温温吞吞地劝其冷静。

"你们害得我们家破人亡！"艾龙总统哭着说，"你们不应该这样的。"

"这是没有办法的，总要有人牺牲呀，世界必须更新才能回到从前的乐园状态。我们拣选了你们，你们应该感到很荣幸的，何必愁眉苦脸呢？"

"我们原来是来要求送我们回到菲里斯去的。"林德乐哭丧着脸，感觉像一个小孩突然发现亲人不要他了，喃语道，"真没有想到……"

"在歌丽美雅居住是不错的，"白慕理说，"我们安排你们有舒适的环境和良好的照顾，请你们断了这个回去的念头，因为菲里斯的人最后都将全部死亡，慢慢地，不留痕迹地全部死亡。没有人会发觉这是一项计划。为了恢复大地的生机，尤其歌丽美雅非常需要那片土地……"白慕理没有再讲下去，他从墙壁间拉出一条管子，通到自己的肚脐内，好一会儿，才又说，"对不起，我必须充电了，不充电的话讲不出话来。"

艾龙垂头顿足，无力地呜咽着，手指擦着刚要滴出来的鼻涕。他的心被刺穿淌血不止，偌大的一片美好田园完全丧失在一个强国的计划里，而自己的家人又在军事政变中丧生，他纵使有永生的机会，如何能忘得了过去的伤痛，他在这陌生的世界生活下去又有什么意义呢？

"如果我们不接受拣选呢？不领你们这份情呢？"罗德西总理的眼睛无力地垂下来，扁鼻子吃力地嗅一嗅这间房里人工造出的花香味。

"那当然不会有好结果的，做个凡人……"白慕理银色的嘴巴咧得更开，笑得很暧昧、很神秘，"做个凡人就必须接纳生老病死的过程，没有一个凡人能够避免，没有人会自愿放弃预定的福分的，只有傻瓜才会这样，只有傻瓜才会放弃永远的生命。你们先考虑看看吧！"

两个银色的机器人转身走了，留下三个人在圆形的房间内，他们沉思、观望。对于歌丽美雅所造设的一切深深叹服。他们商量以后，终于软化了下来。永生确实是有史以来人类梦寐以求的目标，如果能够借着科技的造化进入一个永生的国度，该是多么幸福的事。

当机器人转动那稍嫌笨拙的手臂，扭开墙壁间的另一个开关之后，他们听到一种威严无比的洪亮声音从四面八方传来："人类的性格要拷贝，储存在计算机磁盘里，再输进机器人的身体脑部里面，以便成为金刚不坏之身，三位如果愿意尝试的话，请跟随机器人过来。"

三个人面面相觑，露出惊恐无措的表情。

门开了。当他们再度抬起头来时不由得又发出相同的一声"啊"，因为他们看到了真实肉体的人——那就是他们印象中的总统英怀德和总理白慕理，正在对着他们微笑招手，还微微欠身鞠躬。

"过来吧！现在我是正本，刚才是副本。"英怀德说，"把你们又吓一跳吧！"

"在正本死亡以后，副本就将代替我们活下去。"白慕理说，"不要再想菲里斯的事了，想想将来的千年国度吧！"

时间好像凝固了一般，三个菲里斯人目瞪口呆，他们跟着机器人走进了另一间计算机房。

第二十四章 真 相

"现在我们终于查清楚是怎么回事了。"凌明利的视线从声音追踪示波器的屏幕收回来,转向前面的蓝美姬,"刚才你都听到了吧?应该可以清楚是怎么回事了。"

"我还不大懂。"蓝美姬怅然若失。

"他们成功了!"

"怎么说呢?"

"完成了永生的装置,一种活人进入机器人身体内的装置,能够使人类永生不朽。"

"总统与总理他们都有了第二身,因为整个世界的环境在生态灾难发生后恢复得非常缓慢,歌丽美雅为了改变自身的环境,不得不设法使用别的方式去进行扩张,暗中侵略占领别的国家。菲里斯就因为条件好,距离歌丽美雅比较近,所以自然成了牺牲品。你的哥哥去从事援助的工作,实际上是在散播一种看不见的病毒，一种催命药。"

凌明利将他装着追踪器的皮箱盖起来，他的一只脚在人造河流里踢踏着，岩石溅到了水，有些水珠甚至喷溅到他的衣服上和脸上。太阳的光辉已略略西斜，透过圆顶罩子射下来，感到微微的温暖如抚慰着的轻柔的手。

担任人口局的安全组长这么多年，他总难免有所怀疑，对于国家的决策以及所发生的他感觉奇怪的事，常会好奇去探究它的秘密。因此，在第一次看到蓝美姬从生化实验中心调到人口局上班时，就对她提供的资料感到好奇，所以就迫不及待地约见她，与她详谈，好在蓝美姬也很合作，并不避讳地把她所知道的全告诉他。

终于，在他知道今天有一个好机会可以追踪到菲里斯人与总统、总理的谈话之后，他设法在菲里斯总统艾龙和总理林德乐的鞋子上面各装了一具超小型侦听器，由此明了真相。

蓝美姬的蓝眼睛在水光摇曳中闪亮着，有几颗晶莹的泪珠夺眶而出，她沉重地说："那么，我的丈夫是怎么死的？他死了以后，是谁恶作剧打电话给我？这样做有什么用意呢？"

凌明利陷入深沉的思考。有几只水鸭子从溪流的那边拍打着翅膀，溅起水花，快乐地游过来。它们的叫声听起来是那么迷人，以至于在蓝美姬身旁的凌明利也要分神注意它们。毕竟，在圆顶罩子里的生活，整日所见除了车辆、建筑与难得看清楚的天空而外，野外大自然的景色只有在公园里才可以观赏得到。凌明利弯身捡起一块小石子投向水鸭子的身旁，激起了小小的浪花与涟漪，水鸭子受了惊，又赶紧"嘎嘎"游走了。

"我只能猜想，"凌明利继续说，"你丈夫是援外计划的执行人，他一定知道了某些援外计划的机密，不愿意执行这项工作，所以他和季元老等人都遭遇了不幸。"

"怪不得！"蓝美姬啜泣不已，迷离的水光映着她的脸，她粉红的双颊被染着斑斑水影，有泪珠滴落进水里，流水带走她的惶惑，却带不走她的忧伤哀苦，真相隔了重重的纱，当揭开时，她所受到的震撼犹如遭了电击，她浑身在发抖。

"有证据显示，你的丈夫成了失败的机器人。"凌明利掏出手绢去点拭她湿润的眼角和双颊，"请你不用害怕，那个打电话给你的人只是个机器人而已，他有你丈夫的口音，但是思想并不成熟。你丈夫的思想进入机器里面并不完全成功，这是一个失败的实验，他们只是想找个机会使用一下这种有思想的机器人，看看逼真到什么程度，是不是可以骗过你。这具机器人听说失败了，所以，也就是说你的丈夫永久死掉了。"

"你为什么知道得这么清楚呢？"

"我参与了部分的安全工作，当然会接触到部分资料，慢慢地，一点一滴地把它们合拢来，就逐渐了解了全盘的实况。美姬，你相信吗？我可是非常关心你的。"

蓝美姬浅浅地笑了。他们坠入情谷已不是一天的事。只是到了今天凌明利才把有关蓝美姬丈夫的真相告诉她。凌明利一手搂着她的腰，另一只手在她如云的秀发抚摸着。他的嘴唇凑近她白嫩的脸颊，雨点似的热吻落下去。久久，她挣扎开来，似乎又想到了什么，轻轻地推开他。

"那个'915'是什么呢？有什么用意呢？"

"那是当局利用菲里斯长毛党人耍的把戏，收买了菲里斯人，再赶走了他们，都是装腔作势的，希望把所有的罪过都加在长毛党人身上，这样实在太不人道了，唯一的目的就是为了减少人口，并拥有菲里斯那块美丽的土地。"

远处，巨大的教堂钟声响了，正在报时：下午五点钟。

他们走出野溪园，有几个穿着红短裙的少女在草坪上快乐地舞动大腿，大跳土风舞。有直升机在头顶上飞过，凌明利很快地躲在树干下暂避一时，直到直升机飞远了，才又走出来，拉紧蓝美姬的手。

"你看我们怎么办呢？"蓝美姬问，"你知道太多的秘密恐怕会有危险的，有一天说不定跟季元老一样粉身碎骨。"蓝美姬想起那个可怜的夏绿茵，那令人作呕的景象她一辈子都忘不了。

"你的哥哥情况也不好。"凌明利说："恐怕要想办法通知他，最好你到菲里斯去一趟，然后我们在C国会合，你的爷爷和奶奶传信息邀你们去，也许他们信里不便说明白，他们也略知一二。"

"那么这件事应该赶快行动了。"

"越快越好。"

第二十五章　快乐的桃花源

太空岛的机器人工厂里，吸热板张得开开的，像一只庞大无比的飞鸟伸展着它的翅膀，盖住了半天的星光。它的翅膀面对着炽热火烈的太阳光，吸取能源，供应工厂里的动力系统。

工程师站在门廊上，透过玻璃窗注视着地球，在他的身边，许多已经制造好的银色机器人还没加入某些特定人物的性格思想，却已经能够以纯熟的语句与人类沟通，对答如流。

"地球是我们的家。"工程师说，"我们是属于地球的。"

"我们是歌丽美雅的产品，伟大的杰作。"一个机器人说。

"我们是永生的躯壳，将要包容高贵的人类思想成为我们的灵魂，主宰我们的躯壳。"另一个机器人说。

工程师的脸色是沉肃、悲伤的，他使用激光枪在发亮的铁柱上刻写了一个名字："季安国"，然后，对他们说："你们知道季安国是谁吗?"

"不知道!"几张嘴巴同声说道。

"季安国是我老爸,他的性格和思想就将注入你们中间的一位,成为不朽的人,你们哪一位愿意接纳他呢?"

"我愿意!"

"我愿意!"

"我也愿意!"

三张嘴巴同时回答。机器人确实以它的愚诚献上感激,提供他的躯壳作为人类灵魂思想的寄托之所。

那个个子稍微高大的机器人被工程师选中,工程师召他进入长廊,走进计算机中心。机器人躺下,头部被旋开来,几只电极插入机器人的脑部。

"记忆输入……思想输入……性格输入……"工程师喃喃地说。他调整着各种感应器。

几十分钟后,全套的输入作业已经大功告成,工程师将机器人的头壳重新旋紧,扭开机器人身上的开关。那个银色的机器人睁开眼睛好奇地问:"小子,你怎么会在这里?"

"老爸,你已经成了机器人。你自己看看。"

机器人看着自己一身打扮,转转身瞧了又瞧,再望望周围陌生的环境,他匆忙地奔出房间外面,透过玻璃窗看见地球就挂在群星之间,愁眉苦脸对着他,也用手指着那遭受污云黑气遮掩着的陆地的轮廓,然后说:"对了,那是歌丽美雅,歌丽

美雅第一大城——首都太阳城，好亮好亮的太阳城，发着光像
钻石一样的城市，美丽的太阳城。再过去是菲里斯，狮头
马……菲里斯唯一的一座大城，从空中看起来，像狮子和马的
身子躺在大地……"

　　银色机器人正说得兴奋的当儿，他的肩膀被人从后面拍了
一下。他回过头来，指着他的儿子骂："季春风，我就知道你
喜欢耍宝，把你老子变成这副德行，你看我这像什么话？"

　　季春风走到银色机器人面前，仔细端详着老爸调侃着：
"嗯——制作得还不错，非常像老爸本人，只是脸上欠了一点
肉色，手脚、身体也都要有肉色才像个人，只是老爸已经成了
圣人，成了金刚不坏之身，不需要肉色了。"

　　"胡说，你胡说！"银色机器人只是随口发出他的语音。
一瞬间，他的脑袋里闪映着雪地飞车爆炸的一幕。他惊叫了起
来："我的天呀！夏绿茵呢？"

　　"谁是夏绿茵？"

　　"我的爱人呀！跟我结婚才十七天又离婚的那个女人。"

　　"老爸，"季春风说，"她的资料都在磁盘里面，我奉了
命，为你制造一个伴侣。就像我奉命制造你一样。"

　　"天呀！他们谋杀了她！"银色机器人似乎从梦里惊醒过
来，"就因为我反对不人道的做法，他们下了杀手，把我变成
这副样子。"他想哭，用手揩揩干涩的眼眶，他只是个流不出
眼泪的机器人。

一个银色机器人在季安国的眼前走过，季安国对于自己变成机器人感到窘迫不堪而难以适应，也许那机器人可以说明成为机器人的味道。他上前去，用手抓住机器人的肩膀，那机器人转过身来，脸上露着微笑。季安国突然觉得那张脸出奇地面熟，他讶异地喊叫起来："夏绿茵！你是夏绿茵！"

机器人没有什么反应，只是傻傻地笑着，似乎并不认识他。季安国揽着她的腰，有意无意凑近去，在机器人的腮帮上亲了一下。他觉得怪怪的，与他过去的经验和体会是全然不同的，缺乏肉体与肉体接触的那种温柔的滋味。那个被亲的机器人也木然不动，似乎并没有发生什么事。

"老爸，"季安国的儿子在旁边笑了，"这个机器人还没有灵魂，我们马上给她输入程序，很快就有了思想，之后就会陪你玩，陪你说笑聊天。"

季春风把搂在季安国怀里的那个机器人带走，进入计算机中心。季安国望着那个女性机器人走路时款摆臀腰的姿态，触动了他的心事，他想起几乎是上一辈子与夏绿茵相处时的恩爱情景，尽管短暂易逝，却让他难忘，销魂蚀骨。

季安国再度走到观景窗畔，和众多的机器人一起，看着发亮的星星布满整个银河空间，地球在群星之间，只是个披着污秽的云雾的小圆盘。

他忆起在歌丽美雅时担任元老受人敬重的荣宠，一个一百多岁的老人，除了头脑以外，全身大部分器官都已换上了人造的。他原只能说是个活动的机器人，背后有多少人拿"机器人"的绰号来形容他，但是他的童心未泯，追求理想的信心坚定不挠，在许多次最高当局所召开的秘密会议中，坚持歌丽美雅必须以完全的人道主义政策来执行实际的援助，不可以违背这项立国传统。他所遭受到的反对声浪也越大，理由无他，为了歌丽美雅本身的安全与扩张需要，必须对邻近国家开刀，然后，他遭到警告："如果你再坚持你的立论，只有把你送进'桃花源'里面去享福！"这也就是叫他不必再过问人间的事，前尘往事清晰地幕幕闪现，他终于明白自己置身在此地的理由。实际上，他已经苍老了，对于世事的风云诡谲，翻腾如浪，早已黯然神伤，如果人间还有教他留恋的事物，该是那让他魂牵梦萦的情爱了。

季安国凝望地球，在那歌丽美雅闪烁光辉的太阳城的位置，似乎看见了繁华与罪恶交混，美丽与丑陋并存。

几分钟后，季安国听见身后有声音传来，是娇滴滴的女人正在说话："原来季元老在这儿。"

他回过头来，一张充满媚感的脸在展颜欢笑，却是与身体其他部分同样是光可鉴人的银色，显得光华亮丽，真正可以形容为珠光宝气，那双灰色的眼睛也灵活地转动，漾起水波，让季安国忍不住上前去亲了亲她。

于是，两个银色机器人搂在一起。

"我爱你！"季安国说。

"我也要好好地爱你！"夏绿茵说，"从今以后，我们是天上的比翼鸟，桃花源的神仙了。"

几个机器人围过来，在他们身上套上五色的花环，并且拍手叫好。

轻快的歌声回荡在长廊：

天上桃花源，不管人间事，
没有日夜寒暑，不再有忧伤烦恼；
星星不尽数，生命永不老，
青春是无涯太空中永恒发亮的光，
永恒发亮的光。

第二十六章　毁灭与新生

　　狮头马的郊外，山脊旁的海滨在子夜时分，惊涛拍岸，如可怕的巨兽攀附着大地边缘，在挣扎喘息、狂吼。

　　庞大的运输船如耸立云天的巨厦，在朦胧夜影中靠岸，许多机器人忙碌地在甲板上走动，搬运补给物品。

　　"'人上牌'！'人上牌'是好货。"有人在说。

　　"好货通通送到菲里斯来。"另一个搭腔。

　　"别说废话，你想到菲里斯找妞儿。"

　　"妞儿？哈哈，这里可有妞儿？"

　　"有呀，菲里斯的人越来越少了，我们送来的货却越来越多，送来的设备可真用不完。"

　　"这里这么多东西该给妞儿用吗？"

　　蓝力士在旁边听到这一段对话，为之光火，他手里的一管枪朝空中发射了一枚照明弹，看清楚两个对话的家伙竟都是机器人。猜想他们不知哪里学来的俏皮话。

有一辆车子开进来，司机向蓝力士说："四个机器人坏了，要送回去修理。"

那辆车子通过检查哨，发出"吱吱叽叽"的引擎声，冒着黑烟驶进巨轮的甲板，在一团忙乱中消失不见。蓝力士在心里嘀咕着，这种过时的车子使用非氢气能源，也不是磁悬浮车，竟会在这里出现，莫不是暂时借用的菲里斯人的老旧车子。此刻，他已决心离开菲里斯，离开歌丽美雅，他已经不想再去过问这些鸡毛蒜皮的事。

后面继续来了许多车子，都是载运机器人回国去大整修的。有一辆车子随后赶到，从里面跳出一对母子。蓝力士赶紧迎上前去，双手拦着他们。老祖母跟着下来。

"爸爸！"小孩子叫着。

"嘘——"蓝力士竖起一根食指在孩子的唇边，"不要多说话，我们要走了！"

"到哪里去呀？"孩子的声音压得低低的。

"到很远很远的地方去。"

"坐飞机还是坐船呢？"

"当然坐飞机。"蓝力士把孩子抱开，躲在黑暗的岩石边。

茉莉在他的脸颊边轻轻一吻，蓝力士感觉到她滴落在他唇边的潮湿带咸的泪水。

"高兴吧！"蓝力士说，"茉莉，让我们好好地庆祝。"

"到了 C 国再说吧！"

一只小型的反引力飞机在夜空里闪着五颜六色的灯光，像一只大鸟般徐徐降落在沙滩上。蓝力士牵着茉莉的手，背着小和平，往那只大鸟打开的腹部奔去。

黄色的灯光射在眼前，他感到有点刺眼，一个熟悉的人影在向他招手喊叫，听起来亲切而调皮："老哥，老哥！"

当反引力飞行机再度起飞时，他们从电视广播中看到可怕的一幕：狮头马城着火了！它就像一只脆弱的塑胶碗倒盖着，却从底部炽烈地延烧开去，群众纷纷夺门而逃。

"戚将军去世了！"广播员在说，"由于戚将军的去世，导致恐怖分子的再度作乱，狮头马全城在焚烧中，歌丽美雅的救援队已经开始出动抢救，请注意，请注意……歌丽美雅驻菲里斯援助代表团团长蓝力士，请快快来救援总部报到，我们在你的寓所里找不到你……请蓝团长赶快来指挥行动，指挥救援工作……"

蓝力士关掉了电视，视线投向舱外，星星在云层里忽隐忽现，犹如许多窥视的眼。当他转过头来时，看见蓝美姬的女儿小珠儿被她的祖母抱住，在怀中哭泣着。

"这孩子受惊了！"老祖母说，"刚才看了电视，很害怕。"

小和平过去逗着她，扮鬼脸，扯她的头发说："小珠儿姐姐被我吓怕了吧？"小和平的两只小手张开在眼角旁边，做了一个饿虎扑羊状，把小珠儿逗笑了。

沉寂……

蓝力士四下看看其他三个人，脸色是肃穆而冷峻的。

自动飞行作业系统在负责飞行，直到将抵达 C 国时，他们从紧张与愤懑中寻回了自我。

"太阳城有情况，"机器人说，"刚才广播说，他们在抓四个恐怖分子。"

蓝力士扭开了影像通信机，广播记者正在尖着嗓门报告："根据歌丽美雅安调局的报告，有四个偷渡入境的菲里斯人化装成四个待修的机器人，进入歌丽美雅的军事机密基地，在一只中型飞弹上面写下了几个可怕的红字：'启示录九章十五节'的字样，然后逃之夭夭。安调局正在搜索他们的行踪，目前歌丽美雅首都太阳城已进入全面戒严状态，唯恐发生恐怖事件，这是必要的措施。

"据歌丽美雅安调局表示，这四个菲里斯人是因为不满歌丽美雅对菲里斯的援助行动，而进行恐怖要挟，他们曾经被驱逐出境过一次。"

电视新闻里一再反复播放着，蓝力士关掉了它。

"快，找一本《圣经》来。"他说。

"没有《圣经》！人们好久不看《圣经》啦！"机器人说，"可以在计算机里查到。"

蓝力士按动计算机键盘，屏幕上立刻显现了《圣经·启示录》九章十五节的经文：

那四个使者就被释放，他们原是预备好在某年某月时要杀三分之一的人。

蓝美姬的脸色发白。茉莉掩着脸哭泣不已，蓝力士抚着茉莉如云的秀发，安慰她说："这是有人安排好的，当初就是安排他们出来作幌子的，歌丽美雅安排他们，现在歌丽美雅自食恶果了！原来这就是'915'的秘密。"

蓝力士继续再查阅第十五节以后的经文：

马军有二万万，他们的数目我听见了。

我在异象中看见那些马和骑马的，骑马的胸前有甲和火，与紫玛瑙，并有硫黄，马的头好像狮子头，有火，有烟，有硫黄，从马的口中出来。

口中所出来的火，与烟，还有硫黄，杀了三分之一的人。

蓝力士摇了摇头，极力使自己清醒。当他们的飞机脱离歌丽美雅领空不久，听到电视播音员以紧急可怕的声调在播报："爆炸了！爆炸了！天呀！"

"太阳城……太阳城……爆炸了！"

播音员在哭泣，使得广播中断。

沉寂……

电视画面转接了来自太空岛的观察镜头：一个太空中小小的圆球有如覆盖着一团乱发云烟的脏脸，就在其中的某一点——人眼睛的亮丽的位置上起了一阵火光，熠熠生辉，亮亮的云朵从上面升起，已笼罩了半面乌黑的脸。

无声无息。

只有轻微的叹息。

蓝美姬的猫儿叫了一阵，划破了可怕的死寂。

一群 UFO 从飞机窗外划过，摇摆的姿态和闪光是无声的招呼，成群结队排列出"C 国"两字，引导飞行机进入白雪覆盖的大洲，飞行机跟着成群 UFO 钻入山巅火山口里，消失不见。

尾　声

　　太空岛上银色的机器人快乐地跳跃舞蹈着，突然停下来，不解地观赏着太空中那张"人脸"上奇异的变化，不解地望着千百年来的 UFO 到底是怎样来去无踪。

　　哼着歌，眨眨眼，想看清楚小小的地球上打了什么样的喷嚏，弄得脸上乌烟瘴气。

　　他们没有发现其他更特殊的现象，于是又手牵手，一边蹦蹦跳跳，一边唱着"天上桃花源"的歌。